W9-DAV-807

UN PERRO LLAMADO *VAGABUNDO*

Sarah Lean

UN PERRO LLAMADO *VAGABUNDO*

Traducción de Ariadna Castellarnau Arfelis

noguer

Título original: *A Dog Called Homeless*

Avda. Diagonal, 662-664, 08034 Barcelona
infoinfantilyjuvenil@planeta.es
www.planetadelibrosinfantilyjuvenil.com
www.planetadelibros.com
Primera edición: febrero de 2012
ISBN: 978-84-279-0148-3
Depósito legal: M. 197-2012
Impreso por Huertas Industrias Gráficas, S. A.
Impreso en España – Printed in Spain

El papel utilizado para la impresión de este libro es cien por cien libre de cloro
y está calificado como **papel ecológico**.

Me llamo Cally Louise Fisher y llevo treinta y un días sin hablar. Las palabras no convierten nuestros deseos en realidad, por mucho que así lo queramos. Pensad en la lluvia, por ejemplo. Sólo cuando las nubes están listas, cuando están llenas, dejan caer el agua. No es magia. Se trata de poner cada cosa en su sitio.

Y así es como todo empezó.

1

Era el cumpleaños de papá y yo fui la primera en levantarme de la cama.

Papá quería pasar un día tranquilo. «No quiero regalos ni pastel ni nada porque no sería correcto», dijo. Algunas personas se olvidan de que los cumpleaños no son sólo cosa de ellos.

El cumpleaños de papá es también el día en que murió mamá, hace un año exactamente. Creo que cuando dos cosas como ésas ocurren el mismo día, se usan palabras complicadas, como «tragedia» o bien «catástrofe», que significan algo más que simple mala suerte.

Esa mañana esperé a que mi padre se levantara junto a la puerta de su habitación. Tenía las tarjetas de felicitación en la mano. A través de la rendija de la puerta, vi un bulto oscuro bajo las sábanas y una cabeza también oscura hundida en la almohada. Papá suspiró y entonces supe que estaba despierto.

En total tenía seis tarjetas de cumpleaños. Una era mía, otra de mi hermano mayor Luke (que todavía estaba encerrado en su habitación, de modo que supuse que estaría en la cama o frente al ordenador) y las otras habían llegado por correo. Entreabrí la puerta con el codo y deslicé una de las tarjetas dentro de la habitación. Papá tanteó el suelo con los dedos en busca de mi felicitación, que iba en un sobre azul. Dentro había un dibujo de un oso gris con nariz azul que hablaba por teléfono y decía: «Un mensaje de mí para ti».

—Gracias, es muy bonita —dijo papá.

—¿Estabas pensando en mamá? —dije yo.

Papá guardó silencio durante unos instantes y luego dijo:

—Tráeme un poco de café, por favor.

Aquello no se parecía en nada a un cumpleaños, ni siquiera con las tarjetas puestas sobre el televisor. Papá bajó el volumen y nos sentamos a esperar a que llegara el resto de la familia para ir todos juntos al cementerio a visitar la tumba de mamá el día del aniversario de su muerte.

2

Los abuelos Hamblin pasaron a recogernos y nos llevaron conduciendo lentamente hasta el cementerio. Allí nos encontramos con el abuelo Fisher y la tía Sue, y todos juntos caminamos por senderos de hierba recién cortada y lápidas en las que estaba escrito: «En memoria de».

Hicimos un círculo, todos quietos como estatuas. Nadie habló de ella porque papá dice que recordar a mamá es demasiado doloroso. Así que nos quedamos mirando la piedra fría y gris con su nombre escrito: Louise Fisher. Igual que mi segundo nombre.

Pensé en mamá. No aquí en la tierra, sino arriba, en algún lugar muy lejano. La echaba mucho de menos. También me dije a mí misma que debería haber desayunado algo antes de salir porque me dolía la barriga.

Y de repente allí estaba ella: mi madre.

Sé lo que estaréis pensando: no se puede ver a los muertos. Pero yo podía. Estaba de pie sobre la pared del cementerio, con su chubasquero rojo y su gorro verde para la lluvia. No me asusté. ¿Cómo me iba a asustar de mi propia madre?

Mamá caminó por el borde de la pared con los brazos en cruz, haciendo equilibrio. No había cambiado nada. Ahí estaba igual que como era en vida, siempre tratando de hacerte sonreír a toda costa. Entonces se tambaleó en nuestra dirección hasta que estuvo tan cerca que de haber saltado habría podido alcanzarnos. Se alisó el ala de su gorro, me miró y sonrió exactamente como lo había hecho cuando canté en aquel musical que organizó la escuela, *La telaraña de Carlota.* Es decir, con una sonrisa que te decía que lo eras todo para ella.

La abuela llevaba flores envueltas en papel de plata.

—Sé una niña buena y pon éstas en el jarrón, anda —me dijo, dándome un manojo de flores. Se le escapó de la manga un pañuelo de papel que flotó lentamente hasta el suelo.

—¿Crees en fantasmas? —susurré, mientras recogía el pañuelo y se lo devolvía—. ¿Crees que mamá podría estar aquí y que yo podría verla?

Los cristales de las gafas de la abuela reflejaban el color rosado y purpúreo de las flores y eso hacía que parecieran dos ventanas como las que hay en las iglesias. Cerró los ojos y se frotó suavemente la nariz.

—Ay, cariño mío —dijo—, todos estamos un poquito alterados.

Olió el aroma de las flores y las puso sobre mi mano.

Me abrí paso entre el apretujado círculo de personas y me coloqué entre la tía Sue y papá.

—¿Tú crees en fantasmas, tía Sue? —pregunté—. ¿Alguna vez has visto a mamá, aunque no debiera estar aquí?

La cogí del brazo para que se diera la vuelta y pudiera mirar hacia la pared y ver a mamá: luminosa, brillante y tan real como cualquiera de nosotros. La miré a los ojos, anticipando su gesto de sorpresa. Frunció el ceño y esbozó una sonrisa. No supe cómo interpretar ese gesto.

—Está allí, tía Sue —susurré y luego señalé—: allí mismo.

Parpadeó. Nada.

—¡Papá! —dije—. ¡Mira! ¡Mira en la pared! ¡Es mamá!

Papá se frotó la barba. Él y tía Sue me miraron como miras a alguien cuando no estás prestándole atención. Lo mismo hicieron el abuelo y la abuela Hamblin, y también el abuelo Fisher.

El abuelo Fisher dijo:

—Ya basta, Cally. Éste no es sitio ni momento para tonterías.

Luego el abuelo Hamblin levantó la mirada al cielo, las nubes eran grises y distantes.

—Va a llover —murmuró.

Papá tenía la vista fija en la tierra silenciosa.

—Papá —dije—. La he visto. Ya sé que está muerta, pero la he visto.

Giré de nuevo la cabeza en su dirección y los ojos de mi madre brillaron como brilla el cielo iluminado por el sol. Sentí que ella y yo éramos las únicas personas realmente vivas en ese lugar. El corazón comenzó a latirme con fuerza y noté que los pulmones se me llenaban de aire. Quise gritarle a mamá que cantara una canción para que todos notaran su presencia. «Canta para que los pájaros envidien tu voz», pensé para mis adentros.

—Cally, cariño —dijo la tía Sue—, a veces la imaginación nos juega malas pasadas. —Dio una vuelta y apoyó un brazo sobre el hombro de papá. Las lágrimas le estaban estropeando el maquillaje—. A veces, cuando realmente quieres creer en algo, terminas convenciéndote de que es real.

La abuela se sonó la nariz con su pañuelo de papel.

Me pareció oír algo similar a cuando llega una feria ambulante y estás a muchos kilómetros de distancia, en la otra punta del pueblo, pero sabes que ha llegado. Mamá se llevó las manos a los lados de la boca, como si quisiera formar un altavoz.

—Papá, quiere decirnos algo —dije.

Mi padre apartó sus ojos de los míos, pero antes pude ver lo que había en su mirada: palabras demasiado grandes para pronunciarlas, demasiado duras para decirlas como es debido. Se encogió de hombros y se frotó la mejilla.

—Ya basta, Cally —dijo—. Empiezas a ponernos nerviosos.

—¿No puedes verla? —susurré.

Mamá había dejado de sonreír y buscaba algo en el interior de sus bolsillos. Me pregunté por qué llevaba puesto el chubasquero el y sombrero en aquel cálido día de verano.

—Papá —señalé—. ¿No la ves?

—No —gruñó—. Y tú tampoco. Y no quiero oír nada más al respecto.

3

—Haced grupos de dos o tres personas. Cada grupo representará un planeta —dijo la señorita Steadman en la clase de ciencias—. Como ha dejado de llover, saldremos al patio a representar el sistema solar.

—Hagamos de la Tierra —le dije a Mia Johnson, mi mejor amiga.

Entonces se nos acercó Daisy Bouvier mordiéndose las uñas. Daisy no nos dejaba en paz desde que había discutido con Florence Green en una fiesta de pijamas. Mia me contempló de un modo extraño y dijo:

—Daisy, tú también estarás en mi grupo.

La señorita Steadman comenzó a hablar sobre los planetas que estaban a millones de kilómetros de nosotros. Le di un codazo a Mia para atraer su atención y proponerle que durante el recreo hiciéramos algo que no incluyera a Daisy, pero antes de que pudiera decírselo, la señorita Steadman gritó:

—¡Silencio, Cally! Haz un esfuerzo por quedarte callada, de lo contrario no vas a entender nada de lo que estoy explicando.

La señorita Steadman dibujó un círculo con tiza azul alrededor de nosotros y luego un círculo de tiza roja justo al lado, para el grupo que hacía de Marte.

—Vamos a jugar a que el patio de la escuela es el sistema solar —dijo.

Este juego me recordó al día en que fuimos a Wells con toda la familia. Dentro de la enorme catedral dorada tenían guardado uno de los relojes más antiguos del mundo. La Tierra estaba en el centro de la esfera y el sol giraba alrededor con la manecilla larga. Mamá dijo:

—A veces la gente lo entiende todo al revés.

Mamá se refería a que en el pasado, en la misma época que pintaron el reloj, la gente no sabía cómo era el universo en realidad. Ahora todo el mundo sabe que es nuestro pequeño planeta el que gira alrededor del Sol. Lo curioso es que todo sucede sin que nosotros lo sintamos.

—Mirad —les dije a Mia y a Daisy—. Así es como gira nuestro planeta.

Puse los brazos en aspa y empecé a dar vueltas hasta que me pesaron las manos y todo a mi alrededor comenzó a girar.

—Cállate —dijo Mia—. No tenemos que hablar ni dar vueltas, tenemos que prestar atención.

—Tú podrías ser la Luna —le dije a Daisy.

—La señorita Steadman no ha dicho nada sobre la Luna —dijo ella—. Y yo quería ser Mercurio.

—Pero mira lo que pasaría si de pronto empezáramos a girar en la otra dirección —dije.

Entonces choqué contra la Luna y salí disparada en dirección contraria.

—Mira —dije—. Podríamos salir al espacio y ver lo que hay allí.

—¡Cally Fisher! —gritó la señorita Steadman a través de toda la galaxia—. ¡Vuelve a tu círculo y quédate allí!

Pero yo quería ver lo que había más allá. Imaginé un torrente de luz parpadeante cruzando todo el universo. Puede que fuera una estrella o un portal, un camino hacia el hoyo del cielo al que van a parar las almas y los ángeles. ¿Quién podía resistirse a descubrir qué era ese brillo en la oscuridad, la única cosa luminosa en todo el universo?

En fin. Me enviaron a Plutón con Daniel Bird, que no tenía compañero.

—Has vuelto a meterte en líos —dijo. Las opiniones de Daniel siempre eran de lo más evidentes.

4

Después de la clase de la señorita Seadman, teníamos clase de música con el señor Crisp. Me gusta mucho cantar. Es algo que heredé de mi madre.

Mamá cantaba tan bien que papá solía decirle que era mejor que los pájaros se buscaran otro trabajo. Ella contestaba que cantar era como hacer un tejido que uniera a todas las personas del mundo. Papá solía tocar la guitarra para que ella lo acompañara con su voz. También solía tocar con su grupo en el pub los viernes por la noche.

Así que cuando el señor Crisp nos dijo que para final de curso haríamos un concierto de despedida, Mia y yo nos apuntamos a las pruebas para cantar juntas. Era nuestro último año en la escuela primaria.

Después de la clase de música, oí que Daisy le decía algo a Mia en el baño de chicas.

—Apuntémonos juntas para hacer algo por nuestra cuenta —dijo Daisy—. No se lo diremos a ella.

—Ahora que somos mejores amigas podríamos hacer un dueto —contestó Mia.

Entonces se pusieron a hablar de las canciones que les gustaban.

—Ella nos hundiría —dijo Daisy.

Se rieron.

—Yo creo que apesta como cantante —dijo Mia.

Luego aparecieron las dos por un rincón del baño y Mia cerró la puerta: ¡pum! De un golpe en mis narices.

—No apesto —dije.

Le brillaron los ojos.

—Yo no he dicho que apestes.

—Te he oído.

Mia se ruborizó y empezó a darse golpecitos en las caderas.

—Lo he dicho en broma —dijo.

—¿Es que no sabes aceptar una broma? —preguntó Daisy—. Además, cada vez que hacemos algo contigo, terminan regañándote y siempre estás metiéndote en problemas.

—Eso no es cierto —dije.

—Sí lo es —dijo Mia.

—¡No, no lo es! ¡Se supone que eres mi amiga!

—¿Ves? Ya estás buscando problemas. Siempre lo

echas todo a perder. Además, yo nunca te dije que íbamos a cantar juntas.

—¡No eres una buena amiga! ¡Los amigos no dicen esas cosas!

—Pues si eso es lo que crees —dijo Mia cogiendo a Daisy del brazo y dirigiéndose al pasillo—, no hace falta que sigamos siendo amigas.

Me quedé en el lavabo arrancando trocitos de plástico sucio que estaban pegados junto al rollo de papel hasta que sonó la campana.

Todavía podía apuntarme al concierto. Pero tendría que cantar sola.

5

—Ahora os pido silencio y que miréis todos hacia aquí. ¡Cally! ¡Cally!

La señorita Steadman me miraba como si estuviera muy enfadada.

—Deja el rotulador sobre la mesa por favor, Cally. Ahora sí: tengo que deciros algo.

La señorita Steadman nos explicó que habían elegido nuestra escuela para recoger dinero destinado a una fundación de caridad llamada el Hospicio de Ángela. El Hospicio de Ángela era un sitio cercano a la escuela donde cuidaban de niños enfermos y los ayudaban a cumplir sus deseos. La señorita Steadman nos dijo que en unos minutos el consejo estudiantil nos explicaría en qué iba a consistir el trabajo de recaudar fondos.

Mientras esperábamos, la señorita Steadman nos

preguntó cuáles eran nuestros deseos. Casi todos los chicos de la clase contestaron que su mayor deseo era tener coches deportivos, otros dijeron que conocer a personas famosas y tener Mac y Xbox. Para las chicas lo más importante era que salvaran a todos los tigres, osos, delfines y ballenas en peligro de extinción. Yo dije que un cohete para volar a las estrellas y salvar el planeta. Daniel Bird gritó que su deseo era que le tocase la lotería. Dijo que si eso llegara a pasar, compraría una máquina del tiempo para retroceder al día en que se cortó la mitad del dedo con la tumbona de su abuelo. Así podría cogerlo, guardarlo en hielo y asegurarse de que lo llevaran a tiempo al hospital para cosérselo.

—¿Por qué no viajas al momento antes de que tu abuelo se siente y quitas la mano? —pregunté.

Evidente.

—No seas tonta —dijo Daniel—. No existen las máquinas del tiempo.

¡Cómo me irritaba!

—Cally, Daniel, basta ya de parloteo —dijo la señorita Steadman—. ¿Tenemos algún otro deseo?

Daisy dijo que deseaba la paz mundial. Mia se cruzó de brazos y me miró con el ceño fruncido. Pensé que ella deseaba no tener el pelo tan crespado, pero no era eso lo que ella estaba pensando.

—Deseo que el concierto de este año sea el mejor de todos los tiempos.

Daniel continuó:

—Señorita, mi deseo es ir a Disneylandia.

La señorita Steadman frenó el griterío que se produjo en ese instante diciendo:

—Es curioso que Daniel haya mencionado Disneylandia porque es el mismo deseo de la mayoría de los niños del Hospicio de Ángela.

Luego bajó el tono de voz y añadió:

—Es bueno que recordemos que somos muy afortunados por tener salud. Pero el dinero que recaudaremos no será sólo para un viaje a Disneylandia sino para comprar equipamiento muy caro para unos niños muy pobres.

Justo en ese momento entraron dos niños del consejo de estudiantes: Jessica Stubbs y Harry Turner. Llevaban unos papeles en las manos y se quedaron de pie frente a la clase.

—El consejo estudiantil ha decidido reunir dinero con un día de silencio patrocinado —leyó Jessica en el papel—. Necesitamos tres estudiantes de cada clase para que se queden en silencio. Ojalá que todos los demás los ayuden con sus donaciones.

Harry agitó los formularios de patrocinio.

Yo no les prestaba demasiada atención porque en ese momento estaba debajo de mi escritorio tratando de recuperar con un compás la punta de mi rotulador verde que se había hundido dentro del tubo de plástico. Después tocaba clase de geografía. Siempre se necesitan rotuladores verdes en geografía.

—Lo haremos el martes que viene —dijo Harry—. Las personas elegidas no podrán hablar entre las nueve de la mañana y las tres de la tarde.

—Tenéis que estar verdaderamente seguros de que podréis hacerlo —dijo Jessica.

Saqué el tapón del rotulador y empujé con tanta fuerza que la punta salió volando hasta el sitio que ocupaba Florence. Traté de decirle que me lo pasara con el pie, pero ella me hizo señas de que me callara. Le dije que se diera prisa, antes de que la tinta manchara la alfombra.

—Es por una buena causa —dijo Jessica.

La señorita Steadman dio unos golpecitos con los nudillos sobre el escritorio.

—¿Qué está pasando allí? —preguntó con enfado.

Florence le dijo que yo no estaba prestando atención y que intentaba distraerla.

—Yo sólo... —quise decir, pero la señorita Steadman me interrumpió.

—Basta de chismorreos o tendréis que quedaros al final de la clase —dijo bruscamente.

La tinta hizo una mancha oscura sobre la alfombra.

—Así que —siguió Jessica con un profundo suspiro—. ¿Quién se ve capaz de quedarse en silencio durante todo un día? ¿Algún voluntario?

Buscó con la mirada a los más callados y formales de la clase. Dos chicos levantaron la mano y ella asintió con la cabeza y les dio las gracias.

—¿Algún voluntario más? —preguntó la señorita Steadman.

Entonces sus ojos se encontraron con los míos. En silencio me decían: «Tú no, Cally Fisher, tú no. No serás capaz de hacerlo».

El fin de semana anterior, en el cementerio, otros ojos me habían mirado con ese mismo aire incrédulo y decepcionado. La señorita Steadman desvió la mirada hacia otro lado igual que había hecho papá. A veces hay que demostrarles a los demás que están equivocados y que eres mejor de lo que ellos creen. Además, la traidora de Mia estaba a punto de levantar la mano. De modo que me estiré por encima de la mesa, cogí su mano para que no pudiera moverla y levanté la mía. Hubo risitas y susurros y pies que se tocaban unos a otros con disimulo por debajo de las mesas, pero yo no hice caso. También ignoré a Daniel Bird cuando gritó «¡Ja!» y la expresión de sorpresa en el rostro de Mia.

Jessica y Harry se quedaron mirando a la señorita Steadman con el lápiz en el aire, sin saber si debían apuntar mi nombre o no. La señorita hizo callar los susurros y las risitas y miró a través de la ventana. Hizo una mueca con la boca, respiró hondo y enderezó la espalda.

—Necesitamos...

—Es por una buena causa —dije rápidamente.

En ese instante Daisy dijo algo al oído de Mia y esta cruzó los brazos, entrecerró los ojos y sonrió burlona.

Yo hice un gesto sobre mi boca con la mano, como si cerrara una cremallera. La señorita Steadman reclinó su espalda sobre la silla con una expresión de alivio.

—Necesitamos más gente como tú, Cally, gente dispuesta a correr riesgos. Gracias. Puedes bajar la mano.

Entonces hizo un gesto con la cabeza como preguntado a Jessica: «¿Qué haces que no has apuntado su nombre todavía?».

—Todos los demás, preguntad a vuestros padres si os permiten patrocinar a vuestros compañeros. Recordad para qué es el dinero.

Cerró la lista con los nombres y clavó sus ojos en los míos.

—Recordad para qué es el dinero. Vuestros voluntarios necesitarán de todo vuestro apoyo. Tenemos que ayudarlos a permanecer en silencio.

6

La señorita Brooks de la clase de Necesidades Especiales quería verme. Ella se ocupa de solventar los problemas de los estudiantes: si alguien va mal en mates, si va en silla de ruedas o incluso si el problema es uno mismo. Después de la muerte de mamá, tuve que pasar un tiempo con ella haciendo dibujos. Me decía que hablara de lo que quisiera, pero al final la que hablaba siempre era ella y sus palabras parecían acertijos.

La señorita Brooks es alta y tiene el pelo de color ciruela y la piel y los labios anaranjados, como si acabara de salir de una sartén caliente. Ese día llevaba un perfume que hacía que resultase difícil respirar a su lado.

—He sabido que te has ofrecido como voluntaria para el silencio patrocinado —dijo.

—La señorita Steadman me dio permiso.

—Sí, lo sé. Y todos te apoyaremos.

Pasó el dedo por la cadena dorada sujeta a sus gafas de sol que siempre llevaba como una tiara, incluso cuando estaba dentro de la escuela. La señorita Brooks movió la cabeza de un lado a otro y sonrió.

—Pues quiero que sepas que si por alguna razón no te ves capaz de estar en silencio durante todo un día, Mia Johnson se ha ofrecido muy amablemente a reemplazarte por la mañana.

Se estiró para cogerme del brazo. Odio que la gente me mire con lástima. Odio que la gente me mire como si fuera un caso perdido.

—¿Te gustaría que hicierais medio día cada una? —preguntó.

—Puedo hacerlo sola —dije.

—Ella quiere ayudarte.

—¡Yo puedo hacerlo todo el día!

Mientras firmaba mis papeles de autorización, la señorita me dijo que si cambiaba de opinión... pero no llegó a terminar la frase.

Se recostó sobre el respaldo de su silla y examinó sus gafas de sol al trasluz.

—Me acuerdo de ti en cuarto año —dijo, mientras echaba aliento sobre los cristales de las gafas—. Eras una niñita adorable que se llevaba bien con todo el mundo. Trabajaste muy duro para recordar todas las letras de *La telaraña de Carlota*. Estoy segura de que el año pasado habrías estado genial otra vez...

Me señaló con una de sus uñas de color naranja y añadió:

—¿No sería bonito que volviera la vieja Cally?

Lo que os decía: sus palabras parecen acertijos. La verdad es que no hay vuelta atrás. Ya sabéis, las máquinas del tiempo no existen. Preguntadle a Daniel Bird. De modo que dije:

—Pero yo nunca he sido vieja.

A diferencia de ella, quise decir. Además yo no iba a ser tan vieja como la señorita Brooks en al menos ochenta años.

—Quería decir que... —empezó a decir la señorita Brooks.

—Quería decir que antes era buena y dulce y ahora no lo soy.

—No es eso, claro que no. Es que has pasado por pruebas muy duras y a veces las cosas que nos suceden nos hacen cambiar. Nos vuelven inestables. —Suspiró—. Es una pena que tuvieras que abandonar el espectáculo el año pasado. Qué poco oportuno fue todo.

El año anterior había estado a punto de representar a Olivia, una versión femenina de *Oliver Twist*. Pero como el espectáculo era dos días después de la muerte de mamá, todo el mundo opinó que era mejor que no actuara. Lo hizo Daisy Bouvier en mi lugar.

La señorita Brooks volvió a ponerse las gafas sobre la cabeza y cogió un folio negro de un estante.

A un lado del folio decía «evaluación de sexto año». Se puso a hojearlo y a pasar el dedo por las páginas hasta que encontró mi nombre. Entonces dio unos golpecitos ligeros sobre la hoja.

—Tal vez deberíamos pensar en el futuro. Llamémoslo un nuevo comienzo. Ojalá cantes en el concierto de despedida.

Y venga otra vez con lo mismo.

Todavía no me había ofrecido para el concierto. Posé mi mirada en la ventana herrumbrada y en el patio de juegos que había más allá.

Y entonces apareció ella.

Mamá cruzó las puertas abiertas, caminó sobre la hierba y se sentó en los bancos donde nos sentábamos durante el recreo para comer como si tuviera excelentes noticias para darme pero no le corriera ninguna prisa hacerlo. Llevaba otra vez su chubasquero rojo. Parecía la última de las manzanas rojas pendiendo de la rama de un árbol desnudo.

Estiré el cuello todo lo que pude para ver mejor por encima de los anchos hombros de la señorita Brooks, que no dejaba de hablar.

—¿Por qué no tratas de sentarte correctamente? —dijo la señorita Brooks—. Ya eres mayorcita.

Esperé a que la señorita Brooks devolviera su atención al folio y reanudara el parloteo y me puse un poco de costado para ver mejor. Quería que mamá me viera. Aunque nos separaban las paredes de la escuela, el patio de juegos y las ventanas, mamá se dio la vuelta como si yo la hubiera llamado. Lo que digo: se dio vuelta y me saludó con la mano. No como diciendo adiós, sino como diciendo: «Mira, aquí estoy otra vez».

—¿Quieres preguntarme algo? —dijo la señorita Brooks al ver que yo levantaba el brazo.

—No —dije. Y luego—: ¿Puedo ir al lavabo?

La señorita Brooks miró hacia fuera por encima del hombro. No vio a mamá. No vio a nadie.

—Date prisa —contestó.

Pasé por delante de los lavabos con el corazón en un puño. Respiraba agitadamente y tuve miedo de que me oyeran. Aun así, ni siquiera me detuve a mirar si alguien de la oficina me había visto salir por las puertas de recepción.

Mamá caminó hacia mí. Ahora ya no estaba sola. Sus ojos seguían los movimientos de un inmenso perro plateado que jugueteaba a su alrededor. Mamá apoyó una de sus manos sobre la cabeza del perro, que le llegaba a la cintura, y estuvo mirando al animal durante un rato. Luego me miró.

—No te muevas de donde estás, Cally —oí que decían a mis espaldas.

Eran la señorita Brooks y el señor Brown, que corrían a través del patio.

—¡Quédate quieta! ¡No te muevas! —volvió a gritar la señorita Brooks.

A la señorita Brooks se le cayeron las gafas de sol en la hierba, pero no se detuvo. Yo eché un vistazo alrededor para ver adónde se había ido mamá. El gran perro plateado se acercaba hacia mí corriendo a toda velocidad. Sus ojos enormes y marrones estaban fijos en los míos, tenía las orejas levantadas y no paraba de mover la cola de un lado al otro. Su mirada parecía decirme: «¡Quiero quedarme contigo! ¡Quiero quedarme contigo!».

«Éste no es un perro fantasma —pensé—. Es un perro de verdad.»

Y en el preciso momento en que la señorita Brooks y el señor Brown llegaron hasta donde yo estaba, el perro dio media vuelta y empezó a corretear y a juguetear con las gafas de sol de la señorita Brooks que estaban sobre la hierba. La señorita le decía cosas como: «Perrito lindo y qué perrito más bueno». Y luego pasó a los gritos: «¡¿Puede ayudarme alguien, por favor?!». Pero el perro daba unas zancadas tan grandes que a la señorita Brooks y al señor Brown les resultaba imposible alcanzarlo. Sus caras estaban rojas por el esfuerzo. Se acercó más gente a ayudarlos pero ya era demasiado tarde: el perro saltó la verja y se escapó con las gafas de la señorita Brooks.

Después, la señorita Brooks me cogió del codo y me llevó de vuelta a su oficina.

—Yo me encargaré de esto, señor Brown —dijo—. ¿Qué demonios querías hacer, Cally? Creo que tú y yo vamos a tener otra charla.

Pero no nos quedó tiempo para charlas. En la puerta de su oficina estaba Daniel Bird, que se dedicaba a pegar trocitos de masilla adhesiva sobre el pestillo. Era la hora de su sesión.

—¿Qué ha hecho esta vez? —preguntó.

En mi mente todavía podía ver a mi madre y al perro. Era una imagen brillante, clara y hermosa. No podía dejar de preguntarme por qué ambos habían venido a mí sin que yo se lo pidiera.

7

Me llevé a casa los formularios que tenían que completar los patrocinadores. Los firmó mi hermano, que tiene trece años. Luke se parece a mi madre porque tiene el pelo castaño y grueso como ella y casi la misma altura, pero es serio y aburrido.

Yo solía ponerlo nervioso. No me quedaba otro remedio. Luke se pasaba casi todo el día encerrado en su habitación corriendo carreras de coches en su ordenador con la ambición de superar a un tal Sting, que tenía registradas las mejores marcas. Siempre me estaba mandando callar porque decía que lo molestaba y que, conmigo a su lado, le resultaba imposible batir récords y mejorar tiempos. Papá lo defendía y me pedía que lo dejara en paz. Decía que los hombres necesitaban tranquilidad y silencio. Recuerdo que mamá solía decir que le gustaba que en su casa hubiera ruido.

«Cuando los niños están en silencio, es que algo va mal.» Pero creo que a papá se le han olvidado todas las cosas que solía decir mamá.

Luke calculó los beneficios de patrocinar mi silencio y después dijo que el gasto valía la pena.

—Ojalá fuera para siempre —opinó.

«Ten cuidado con lo que pides», le habría dicho mamá.

—Papá, ¿sabes una cosa? —dijo Luke arrojando los formularios a un kilómetro de distancia—. He conseguido reducir la vuelta un segundo y cuatro centésimas.

Se deslizó por el respaldo del sofá y se sentó junto a mi padre, dejando caer los pies sobre la mesa.

—¿Hmmm? —dijo papá.

—Y además bajo la lluvia.

—Te felicito —dijo papá, sin dejar de ver la televisión—. Quita los pies de la mesa. Y tú, Cally, siéntate. Estoy tratando de ver esto.

Cuando terminó el episodio de *Inspector Morse*, le mostré a papá el formulario. Él dudó un instante pero después lo leyó detalladamente.

—Silencio patrocinado, ¿eh?

—La señorita Steadman dijo que podía hacerlo.

—¿En serio?

—Y la señorita Brooks también.

—La buena de la señorita Brooks —declaró. No

era lo que solía opinar de ella—. ¿Será el próximo martes?

—Sí. Todo el día. ¿Por qué?

—Por nada. Tengo una reunión en el trabajo y llegaré tarde. Eso es todo.

El formulario tenía un cuadro en el que había que escribir cuánto dinero quería uno donar por cada hora de silencio. «Cincuenta peniques», escribió papá, y luego volvió a ver la tele.

—Papá —dije—, hoy he vuelto a ver a mamá. Ha venido a la escuela.

Papá cerró los ojos, se frotó las cejas y agitó la cabeza de un lado al otro.

—Traía un perro con ella.

Papá tachó los cincuenta peniques y escribió «una libra».

—Hora de ir a la cama —dijo.

Cogió el mando a distancia y empezó a cambiar de canal en busca de otra serie de detectives. Le gustaban los misterios y adivinar quién era el criminal.

8

El martes a las siete de la mañana estaba en la cama pensando en mi madre y en su perro gigante de color plateado. En mi fantasía le preguntaba a mi madre dónde estaba y ella me contestaba: «Aquí mismo, Cally». Entonces yo volvía a preguntarle dónde y me decía: «A diez centímetros de ti».

Sentía su cercanía, pero no conseguía verla.

Abrí los ojos.

Un rayo de sol se filtraba por las cortinas y en él flotaban montones de motitas de polvo que parecían hadas. En realidad eran pequeños trocitos de algo casi imperceptible que desaparecían cuando les daba la luz del sol y que giraban lentos y silenciosos sin saber qué camino tomar. Se deslizaban y flotaban. Les hablé en susurros porque eran frágiles y pequeños. «Decidíos», les dije. Luego soplé sobre ellos y se alejaron en remolino.

Entró papá. Llevaba la misma camisa a cuadros de siempre con la mancha de tinta en el bolsillo y los mismos pantalones de trabajo viejos y arrugados. Su pelo también se veía igual de despeinado que de costumbre, lo mismo que la barba oscura tachonada de gris como si hubiera pasado la noche bajo una helada.

—¿Estás despierta? —dijo.

Cogió mi uniforme de escuela del suelo y lo dejó sobre mi cama. Se quedó de pie unos segundos.

—Hoy tienes eso de la caridad, ¿a que sí?

—El silencio patrocinado —contesté.

Me gustó que se acordara. En esos días estaba tan olvidadizo... Se olvidaba de planchar. Se olvidaba de afeitarse. Se olvidó hasta de pagar la factura del teléfono y tuvimos que esperar semanas hasta que nos reconectaron la línea. Era como un oso harapiento recién levantado después de hibernar durante meses. Salvo que hacía siglos del último invierno. Antes era un papá distinto: hacía bromas con Luke, jugueteaba con él en el sofá, cosas así. En cuanto a mí, solía ayudarme después de merendar con mis ejercicios de mates. Él hacía una parte y yo la terminaba. Podías sentarte en su regazo y contarle tus cosas y él siempre te escuchaba.

Me puse en pie sobre las mantas de la cama para quedar a su misma altura y le cogí la cara entre mis manos como solía hacer él. Quería decirle algo sobre mamá, preguntarle si se acordaba de cuando tal cosa o de cuando tal otra, como había hecho ya unas cien veces. Miré en sus ojos para ver si mamá estaba allí pero no vi nada. Parecía que una noche entera de nevada los hubiera cubierto de capas y capas de nieve.

De modo que dije:

—Papá, ¿qué pasará si no puedo evitarlo y hablo?

Me dio un achuchón.

—Yo no me preocuparía tanto. Hazlo lo mejor que puedas.

Se escabulló hasta las cortinas, las abrió y las motas de polvo huyeron hacia las sombras.

Eso era todo. Que lo hiciera lo mejor que pudiera. Es decir, que papá no me creía capaz de conseguirlo igual que todos los demás.

—Pues yo sí que me preocupo —le susurré al polvo invisible. Y ésas fueron mis últimas palabras.

9

Mi silencio comenzó a las siete y cuatro.

A las siete y media, cuando papá me preguntó qué cereales prefería, apoyé el dedo sobre los labios y esperé a que papá se diera la vuelta para ver por qué no le había contestado.

—¿Estás practicando? —dijo cogiendo ambas cajas del estante—. No olvides que esta noche llegaré tarde. En la despensa hay un par de latas de espagueti.

A las ocho, cuando me preguntó si tenía dinero para el bus, hice tintinear las monedas que llevaba en el bolsillo. Luke puso los ojos en blanco y chasqueó la lengua.

En la escuela, a los voluntarios para el silencio patrocinado nos dieron permiso para no contestar a las preguntas en clase y les pidieron a nuestros compañeros que no nos distrajeran.

A las diez la señorita Steadman daba muestras de estar muy sorprendida.

En el recreo a nadie le importó que yo no jugara.

A las doce y media, los voluntarios nos sentamos todos juntos a comer en silencio nuestros bocadillos. A través de las paredes de cristal de la recepción vi que el maestro de música, el señor Crisp, había empezado con las audiciones para el concierto. Mia y Daisy estaban juntas sobre el escenario abriendo y cerrando la boca. Durante la hora de religión, la señorita Brooks me guiñó un ojo.

A las tres menos cuarto, la señorita Steadman estaba claramente orgullosa. Nos dijo que fuéramos a una reunión con el señor Brown.

Lo había logrado. Había demostrado que estaban equivocados la señorita Steadman y Daniel y Mia y todos los que no me habían creído capaz de hacerlo. El silencio terminaba a las tres. No me había metido en líos en todo el día y nadie había tenido que pedirme que me callara. Sin embargo yo no me sentía feliz por haber logrado que unos pobres niños pudieran ir a Disneylandia.

Los veinticuatro voluntarios fuimos llamados a pasar al frente. El señor Brown nos mostró en una pantalla imágenes de la página web del Hospicio de Ángela en la que se veían unos niños la mar de felices y todos nos aplaudieron y alentaron. El señor Brown elogió nuestro esfuerzo y dijo que pronto contaría todo lo recaudado y que antes del final de la semana nos haría saber cuánto había sido en total.

—Los niños del Hospicio de Ángela os están muy agradecidos —dijo—. Vuestro silencio ha ayudado a que puedan cumplir su sueño. Ahora, podéis volver a hablar.

Los otros voluntarios armaron un gran jolgorio y se pusieron a toser y a balbucear cosas sin sentido como locos y a decir: «Qué difícil ha sido» o «He estado a punto de decir algo cuando», y cosas así.

Por todos lados afloraban las risas y las voces. Yo quise decir algo, pero sólo tenía una cosa en la cabeza y una persona a quien decírselo. Y podía hacerlo por dentro, sin que nadie me oyera: «Mamá, ¿ese perro lo has encontrado en el cielo?». Eso quería preguntar.

10

El sábado por la mañana, los tres cogimos el bus y fuimos al centro de la ciudad. En la puerta del banco papá nos dijo que tenía que resolver un asunto importante y nos pidió que lo esperásemos fuera. Agregó que tardaría unos diez minutos. Parecía querer decir algo más pero no lo hizo.

Luke y yo nos recostamos sobre la pared, entre el banco y la panadería Crumbs, olisqueando las pastas calientes y oyendo el ruido del cajero automático.

Luke me golpeó ligeramente con el codo.

—¿Quieres entrar en esa sala de juegos un minuto?

Como si eso pudiera cambiar algo.

—Tú misma —dijo Luke encogiéndose de hombros—. No creas que no veo lo que pasa —murmuró—. Tú estás metida en algo.

En vez de seguirle la corriente, me senté en un banco

y me quedé mirando a un hombre que estaba al otro lado de la acera y que llevaba puesta una chaqueta de color lila y un par zapatillas de deporte viejas, una de las cuales estaba rota y dejaba ver un calcetín sucio. El hombre hacía malabares con unas bolas hechas de papel de diario y usaba un gorro de lana de color naranja para pedir dinero. Junto a su rodilla, tenía un trozo de cartón que decía: «Tengo hambre». El cartel estaba escrito en una letra muy bonita. Mucho más bonita que la mía, de hecho.

La gente pasaba por delante del vagabundo sin verlo. Nadie presta atención a los vagabundos. Él trataba de mantener las bolas de papel en el aire, pero de vez en cuando levantaba la mirada, se distraía y las bolas caían al suelo.

Una pandilla de chicos apenas mayores que Luke, y con la misma actitud malhumorada que solía tener mi hermano, se acercaron al hombre arrastrando los pies y con las manos metidas en los bolsillos. Hicieron un círculo alrededor de él. Las bolas de papel cayeron sobre el regazo del malabarista. Un chico de cabello oscuro le dio una patada al cartel de cartón y le quitó al hombre su gorro de lana esparciendo las monedas por la calle.

—¡Dejadlo en paz! —gritó una señora en delantal que apareció hecha una furia agitando los brazos por la puerta de la panadería—. Vamos, largaos. No os ha hecho nada.

El grupo de chicos se la quedó mirando. Los transeúntes aminoraban su marcha para enterarse de lo que estaba pasando. El vagabundo tenía la mirada perdida en algún punto de la calle.

—¡Voy a llamar a la policía! —dijo la mujer entrando a toda prisa en la panadería.

Los chicos salieron corriendo, empujándose los unos a los otros en la carrera, esquivando a los transeúntes y gritando groserías mientras se alejaban. El gorro naranja se quedó en el suelo y la gente lo pisaba sin darse cuenta.

Fui y lo cogí.

El vagabundo estaba de rodillas, recogiendo las monedas que habían caído en la acera. La panadera de Crumbs se me acercó con una bolsa de papel llena de tartas humeantes.

—Tú sí que eres una buena chica —dijo con una voz tan suave como masa fresca—. Jed es tan tímido que no se atrevería a levantarle la voz ni siquiera a una paloma. Llegó a la ciudad hace ya tiempo, buscando a alguien o eso creo.

Sonrió como si el vagabundo fuera una de las personas a quien más apreciaba. Después suspiró.

—Pobre hombre, no gana para sustos con esos chiquillos.

Sacudió la cabeza y me entregó la bolsa.

—Vamos, sé una buena niña y dale esto a Jed —dijo—. Yo tengo que volver al mostrador.

Como el vagabundo estaba ocupado tratando de meter sus cosas en una bolsa, me tuve que poner de cuclillas. Entonces el hombre hizo algo extraño: desvió la mirada hacia un lugar impreciso de la calle y, cuando volvió a lo suyo, daba la sensación de que no podía recordar qué o quién era lo que estaba frente a él. Inspiró hondo.

Yo llevaba en la mano el dinero de mi paga. Se lo mostré al vagabundo, abrí el sombrero y eché dentro unas monedas. Él al principio no dio muestras de haberse dado cuenta, pero luego me regaló una sonrisa. Parecía aliviado por haber recuperado su dinero.

Luke se acercó hasta donde estaba yo, me cogió del brazo y me dijo:

—¿Qué haces, Cally? ¡Ya sabes lo que piensa papá!

Papá decía que los mendigos tenían las mismas posibilidades que todos y por eso no nos permitía darles dinero. Si vivían en la calle, era porque querían. Si se habían metido en problemas, tenían que aprender a resolver sus asuntos ellos mismos.

—¿No le habrás comprado comida también? —susurró Luke entre dientes—. Papá se va a enfadar.

Jed no dijo nada. Tenía unos dientes sorprendentemente blancos. Le devolví la sonrisa. Era como hablar pero sin hablar. No sé qué nos decíamos, pero era bonito. Entonces, sin más, me dio su cartel de «Tengo hambre», se puso en pie y empezó a caminar, alejándose por la acera sin dejar de arrastrar la suela suelta de su zapatilla rota.

—¿Qué pasa contigo? —preguntó Luke arrastrándome hacia él—. ¡Ahí viene papá!

Papá se nos acercaba asomando la cabeza detrás de una pila de papeles.

—¿Estáis bien, chicos? —preguntó papá—. ¿Qué habéis hecho mientras estaba en el banco?

—Nada interesante —dijo Luke entrecerrando los ojos y hablando despacio. Frunció el ceño y respiró profundamente.

—¿Qué es eso que llevas ahí? —me preguntó enrollando sus papeles y metiéndolos en un tubo. Levanté el cartel del mendigo y se lo mostré.

—Oh. Yo también tengo hambre. ¿Vamos a comer unas pizzas? —dijo, mirando por encima del hombro un cartel de Pizza Palace.

Entonces algo atrajo mi atención. No me refiero a los manteles rojos ni tampoco a las velas que chorreaban cera y que parpadeaban al otro lado de la ventana de la pizzería, sino a un chubasquero rojo. Mamá estaba mirando el escaparate de una tienda de música que quedaba al otro lado de la pizzería. Con las manos hacía visera sobre sus ojos. Cuando el vagabundo pasó junto a ella, mamá se puso a su lado y empezó a caminar con él. Entraron en el callejón los dos juntos.

11

Papá todavía no se había dado cuenta de que yo llevaba días sin hablar. De modo que no hizo ninguna clase de observación cuando le señalé en silencio la foto de la pizza de jamón y champiñones de la carta.

—¿Por qué nos has traído aquí? —preguntó Luke mientras engullía un pedazo de pizza con salsa de tomate.

—Os gusta la pizza, ¿verdad? —dijo papá sin levantar la vista.

—Sí, pero no sueles llevarnos a comer pizza.

Papá se limpió las manos y la boca con una servilleta y tardó un siglo en contestar. Finalmente, dijo:

—Quería daros una sorpresa. Eso es todo.

—¿Por qué? ¿Qué ha pasado?

—¿No puedo llevaros a comer sin que eso signifique algo más? —preguntó papá, bruscamente.

—Sólo quería conversar —dijo Luke—, no como otras...

Mi hermano me dio una patada en la espinilla por debajo de la mesa. Aparté el pie esquivando el golpe y empezamos una batalla de patadas.

—Pero ¿cuál es el problema entre vosotros dos? —preguntó papá en tono brusco cuando golpeé su pierna por error.

—¡Es ella! —dijo Luke— ¡Se ha vuelto completamente loca!

—Dejadlo ya o nos vamos —dijo papá.

No terminé mi pizza. La última porción la escondí debajo de la mesa y la guardé en el bolsillo de mis tejanos envuelta en una servilleta por si acaso volvía a encontrarme con Jed.

La camarera llegó con la cuenta. Papá le sonrió con esa sonrisa jovial tan típica suya con la que trataba de decir: «En realidad soy un hombre alegre».

—¿Papá? —dijo Luke mientras papá buscaba su cartera—. ¿Sabes que siempre nos dices que no les demos dinero a los mendigos?

Recliné la espalda sobre el respaldo de la silla, me crucé de brazos y esperé desafiante a que Luke se lo contara todo a papá.

—¿Qué pasa si le das comida a un mendigo? Me refiero a pizza, tarta... ¿Eso cuenta también?

Cuando Luke dijo las palabras «pizza» y «tarta»,

escupió migajas sobre la mesa. A veces, mi hermano era muy desagradable.

—En primer lugar, vamos a asegurarnos de que tenemos suficiente dinero para pagar la cuenta —dijo papá, mientras sacaba la cartera que estaba a rebosar de billetes. Luke y yo no podíamos dar crédito a lo que veíamos. Su cartera nunca había estado así. Nunca, pero lo que se dice nunca. Pensé que había ganado la lotería, pero eso era imposible: nos hubiera faltado el tiempo para ir corriendo a comprar el televisor de pantalla plana y HD más grande del mundo y también la colección completa de *Inspector Morse* en DVD.

—Pero ¿estaría bien si lo hiciéramos? —insistió Luke, sin apartar sus ojos del dinero.

Papá dijo sin mirar:

—No, no estaría bien —contestó—. No quiero que les deis dinero ni comida ni nada.

Luke me dio otra patada.

—En este mundo hay gente que no tiene mucho dinero pero aún así se las apaña para darles techo y comida a sus hijos —continuó papá—. Aunque sea un techo pequeño.

Se puso de pie y nos miró a los ojos.

—Venga, dijo, vayamos al parque.

Hacía ya bastante tiempo que no íbamos al parque. Cuando vuelves a un lugar que no has visitado por mucho tiempo sientes que ya no te pertenece. Dejas que los otros se queden con los columpios, incluso si no son más grandes que tú o están simplemente apoyados sobre las barras de acero entorpeciendo el paso.

Me dirigí a la zona ajardinada a la que suelen ir los adultos que quieren alejarse de los chiquillos ruidosos. Luke trepó a un árbol. Papá se sentó en un banco junto al árbol, apoyó los codos sobre sus rodillas y se dedicó a enrollar y desenrollar sus papeles. A veces, las familias no desean estar juntas.

Yo me puse a pensar en mis cosas. Por ejemplo, en cómo era posible que mamá estuviera con Jed el mendigo y en si éste podría verla también. En ese momento oí que algo se arrastraba a través de los arbustos, a mis espaldas: era el mismo perro de color gris plata que acompañaba a mamá en el patio de la escuela y ahora se me acercaba dando círculos.

Contuve el aliento y estiré los brazos. Sin dejar de caminar en círculos, el perro alcanzó mis manos y posó la nariz bajo mis palmas, esperando a que lo acariciara. Después se sentó y empezó a barrer el suelo con la cola. Su cabeza quedaba a la altura de mi pecho y sus ojos brillaban como un millón de estrellas. No paraba de mover la cabeza como si tratara de decirme algo. Algo como por ejemplo: «¡Quiero quedarme contigo!».

Estuve a punto, pero lo que se dice a punto, de llamar a los demás. No porque tuviera miedo, sino porque me parecía que no podía hacer otra cosa. Podía imaginarme las palabras que les diría, como si estuvieran encerradas en los globitos de los tebeos: «¡Mira, mamá, mira! ¿No es precioso?». Mamá me hacía reír aunque no estuviera ahí.

Entonces decidí guiarme por una única regla: no me estaba permitido hablar pero sí tenía permitido reírme. Porque las risas no son palabras. Las risas funcionan de la siguiente manera: se sabe lo que significan aunque no se sepa lo que dicen. Hasta un perro las entiende.

12

El perro olisqueó la pizza que me había guardado para el mendigo, consiguió sacarla cuidadosamente de mi bolsillo y la devoró. Luego me lamió los dedos. Le di unas palmaditas. No podía evitar quererlo.

Papá nos llamó a Luke y a mí. El perro me siguió sin darme tiempo a que yo le preguntara a papá si podía llevarlo conmigo. Eso es algo genial que tienen los perros: no preguntan adónde vamos, sino que simplemente te siguen.

Luke se alejó a toda prisa cuando vio que el perro se le acercaba, pero al darse cuenta de que era inofensivo, se puso a acariciarle el pelo y a darle palmadas. Estaba francamente impresionado por el animal.

—¿De dónde demonios ha salido éste? —preguntó papá de pie delante de nosotros como si acabara de arrancarnos de las fauces de un monstruo.

El perro se quedó rezagado, con la cabeza gacha y la cola quieta mientras papá trataba de dar con las palabras adecuadas para hacer que se alejara de nosotros.

—¡Hala! ¡Coge esto! ¡Fuera! ¡Fuera! —dijo agitando los brazos.

Papá actuaba igual que los profesores de la escuela: le tenían miedo al perro por su tamaño pero ni siquiera se tomaban el tiempo de apreciar la ternura de sus ojos y ver que era incapaz de matar una mosca.

Eché un vistazo alrededor, confiando en que encontraría a mamá en alguna parte.

El perro levantó las orejas, expectante, y de pronto empezó a brincar de manera torpe, como si se moviera a cámara lenta. Luego desapareció entre la maleza.

Papá se dio la vuelta y gritó:

—¡Por todos los cielos, Cally! ¿Qué juego es éste? —Dio unos pasos y siguió gritando—. ¡Deberías saber que no es bueno tocar un perro desconocido sin consultar al dueño o sin consultarme a mí!

Me miró. Enrolló sus papeles. Me di cuenta de que se esforzaba por no perder los estribos.

—No quiero que vuelvas a hacerlo, ¿me has oído? —Tomó aire tratando de calmarse—. ¿Estás bien?

Por supuesto que no estaba bien. No me gustaba que me gritaran. Papá se dejó caer en un banco sin dejar de retorcer sus papeles y murmuró unas palabras de disculpa, algo así como que todo iría bien.

Pero yo no me dejé engañar por esa promesa.

¿Por qué las personas dicen que todo va a ir bien cuando piensan precisamente lo contrario? Es lo que te dice la enfermera antes de clavarte la aguja o cuando te pone en una raspadura un desinfectante que arde como el mismo infierno. Te hacen daño y luego te dan una piruleta o cualquier otra tontería por el estilo. Y así es como sabes que nada va a ir bien.

Papá tomó aire y nos sentó a Luke y a mí uno a cada lado. Desenrolló los papeles y dijo:

—Tengo que enseñaros algo.

Alisó las hojas. La primera decía: «Piso en alquiler en segunda planta, con vistas a la zona comunitaria».

—Tendremos que dejar nuestra casa —dijo.

Los dos guardamos silencio. Cuando no quieres creer algo, tu cuerpo se pone rígido como si acabaran de congelarlo. No puedes moverte ni hablar ni pestañear.

Empezamos a caminar hacia la salida del parque y Luke preguntó:

—¿Qué quieres decir? ¿Por qué vamos a mudarnos? ¿Adónde iremos?

Eran preguntas que papá no iba a contestar. Lo único que nos dijo fue:

—No digáis nada más hasta que hayáis visto el sitio nuevo.

Tampoco habría servido de nada que hablara.

Nada de lo que yo pudiera decirle a papá iba a cambiar las cosas.

Pero el recuerdo más vivo que tengo de ese día no es éste. Mi mayor recuerdo es que decidí que el enorme perro color plata se llamaría *Vagabundo*. Le puse ese nombre por Jed, el mendigo.

Cuando salimos del parque encontramos a Jed de pie al otro lado de la calle, con las grandísimas gafas de sol de la señorita Brooks puestas y junto a él el enorme perro de color plateado con un cartel colgado del cuello que decía: «Vagabundo».

13

El edificio situado en el número 4 de Albert Terrace era una construcción alta de ladrillos de color rojizo unidos entre sí por fragmentos de cemento gris. Tenía dos ventanas pintadas de un azul tan descolorido que recordaban a un par de ojos tristes y viejos. La casa en la que habíamos vivido hasta aquel entonces nos pertenecía y había sido construida justo antes de que mis padres se mudaran allí. Los constructores habían hecho el exterior y mamá se había encargado del interior. Cada año barnizaba los marcos de las ventanas para que se vieran brillantes.

Un coche se detuvo frente a nosotros y de él salió un hombre larguirucho. Se abotonó la chaqueta gris y nos saludó como si fuéramos niños de parvulario. Papá no nos pidió que le devolviéramos el saludo.

El hombre le dio a papá un juego de llaves, estiró un brazo hacia arriba y dijo:

—Es un piso con vistas excelentes a la zona comunitaria. Además tiene unas habitaciones muy amplias y es un maravilloso ejemplo de arquitectura victoriana.

Habíamos estudiado la época victoriana en la escuela y yo había aprendido mucho en mis ensayos para *Olivia.* Sabía lo que significaba la época victoriana para los niños: miseria, enfermedades y estómagos vacíos.

En el pequeño jardín frente a la casa había un cuenco con girasoles verdes que trepaban por un palo. En la parte del fondo, un pequeño patio de cemento. Íbamos a tener que compartir el jardín y el patio y el cobertizo y la lavadora con la gente del primer piso. En el segundo piso no vivía nadie. Nuestros pasos resonaban en el salón y en las habitaciones vacías. En el interior, todas las paredes estaban pintadas de un color apagado que hacía pensar en las páginas de los libros viejos. El ambiente olía a polvo y a gente extraña.

Miramos por la ventana que daba a la zona comunitaria: una gran extensión de tierra para todos.

Papá asintió con la cabeza.

—Un buen lugar para jugar a pelota, ¿no, Luke?

Luke salió dando un portazo que retumbó en las paredes de las habitaciones. Luego lo vi correr por la zona comunitaria. Papá maldijo. Yo repasé mentalmente la tabla del doce. Según la señorita Steadman, necesitaba practicarla y es imposible recordar las tablas si no las repites una y otra y otra vez.

El hombre larguirucho todavía nos esperaba fuera.

—Estoy seguro de que el sitio os encantará —dijo sin quitar la vista de encima del enorme fajo de billetes que llevaba papá en la cartera.

Luego los dos se pusieron a firmar un montón de papeles.

Encontramos a Luke tirando piedras a un arroyo desde un puente de piedra. Tenía la cara roja.

—Lo siento, hijo —dijo papá—, pero no podemos hacer otra cosa.

—Eres tú quien no puede hacer otra cosa —dijo Luke mostrando toda la furia acumulada a lo largo de los días.

Luke me miró buscando mi aprobación. Sabía que yo estaba de su lado. A nosotros no se nos hubiera ocurrido jamás dejar la casa. Mamá todavía estaba allí: en cada armario que papá le había hecho, en cada estante que él colocó y ella pintó. Mamá estaba en las suaves alfombras, en el papel floreado de las paredes de su habitación, en los interruptores de la luz, en cada picaporte de cada puerta que ella dejaba abierta, en las vetas de la mesa de madera de la cocina en la que nos esperaba cuando llegábamos de la escuela. No creo que hayamos abierto las ventanas desde que se fue. A veces, al llegar de la escuela, me parecía que todavía podía olerla.

—Yo no tengo alternativa —dijo papá—. Va a haber ciertos cambios en el trabajo. Después de tantos años, la empresa está recortando su plantilla. —Suspiró y dio un paso hacia nosotros—. Me han reducido el horario. Tengo que procurar que no lo perdamos todo. —Se pasó la mano por la cara y por la barba—. Lo siento. No podríais entenderlo.

Luke se limpió la nariz y luego tiró al río todas las piedras que tenía en la mano.

—Inténtalo —dijo.

Papá metió las manos en los bolsillos. Echó una mirada sobre la cabeza de Luke.

—He tenido que vender la casa.

—¡Sin consultarnos!

—Mira —dijo—, no podemos... no podía seguir pagando esa casa. Hago las cosas lo mejor que puedo.

—Pues no es suficiente —dijo Luke sorbiéndose la nariz—. ¿No es lo que siempre me dices?

Papá empezó a alejarse sin mirarnos.

—Es lo que hay, Luke. Te guste o no.

No era bueno que dijera cosas como ésas. Papá no era así. No era justo.

—¡¿Cuándo?! —gritó Luke—. ¡¿Cuándo tenemos que mudarnos a esta birria de lugar?!

Papá se detuvo y se dio la vuelta.
—El viernes.
Se me hizo un nudo en la garganta.
Luke estaba hecho una furia.
—¿Por qué no nos lo dijiste antes?
Papá retomó la marcha y murmuró:
—Porque es mejor así.

14

Al regresar, Luke se sentó en la escalera y llamó por teléfono al abuelo y a la abuela Hamblin para pedirles que lo ayudaran a hacer cambiar de opinión a papá.

Luke se quedó en silencio largo rato, con el auricular pegado a la oreja. De vez en cuando decía «sí» o «no» mientras los abuelos seguían hablando al otro lado de la línea. Podía oír sus voces, pero no lo que decían. Era como oír el zumbido de una radio que sonara muy lejos.

—Quieren hablar contigo —dijo Luke.

Pero me escabullí escaleras arriba hacia mi habitación y Luke se quedó sosteniendo el teléfono. Me tapé los oídos para no escuchar lo que les decía y para no sentirme culpable por dejarlo solo. Pero aquello no sirvió de nada.

Luke y yo nos pasamos días sin dirigirle la palabra

a papá. Él no hizo ningún comentario. Nos dio a cada uno dos cajas y nos dijo que pusiéramos en ellas todo lo que quisiéramos conservar. Dos cajas. Ni una más. Apuesto a que lo mismo hacía en el trabajo. Mi padre era supervisor de almacenes de una empresa de embalaje. Estoy segura de que no paraba de decirle a todo el mundo haz esto y haz aquello otro y qué tamaños de cajas tenían que usar.

Ideé un modo especial de organizar mis cosas en las cajas: cogí los libros, la ropa, los zapatos y los objetos especiales y los distribuí en compartimentos hechos con tiras de cartón. Sobre la cama había un dibujo que habíamos hecho mamá y yo. Yo la había dibujado a ella y ella me había dibujado a mí. Lo enrollé y lo guardé en un compartimento que le había preparado especialmente. A veces el silencio puede ser algo tan incómodo como tener que meter todas tus cosas en cajas de cartón.

El viernes Daisy y Mia se me acercaron corriendo. Mia parecía excitada. Se cruzó de brazos y me dijo:

—No tienes por qué estar tan resentida. Pídele a alguien más que cante contigo en el concierto.

—Podría pedir que la incluyeran en los coros de cantantes —dijo Daisy riéndose—. Ah, no, pero si ya se ha terminado el plazo.

—Creo que si me pidieras perdón por haber hecho trampa para que yo no participara en el silencio patrocinado y si reconocieras que eres una perdedora, podríamos dejarte jugar con nosotras otra vez —dijo Mia con los labios tan apretados como una cremallera y los ojos llenos de furia—. ¿Qué te parece?

Mia hizo tamborilear un pie en el suelo y añadió:

—Si no nos pides perdón, no te contaremos lo que hemos encontrado.

Daisy le dio a Mia un golpecito con el codo y dijo:

—Creía que no íbamos a contarle nada del perro.

Mia contestó con los dientes apretados:

—Claro que no íbamos a decirle nada sobre el perro que encontramos en la entrada de la escuela.

—Pero si acabas de hacerlo —dijo Daisy.

Mia entornó los ojos:

—Tú acabas de hacerlo.

—Es igual. Si quiere que le contemos alguna otra cosa tendrá que pedir perdón —dijo Daisy.

Mia no pudo aguantarse y dijo:

—Es el perro más grande del mundo y es muy amigable. Se ha comido mi bocadillo de queso de mi propia mano. Voy a preguntarle a mi madre si me deja quedármelo.

Desviaron la mirada hacia la entrada de la escuela. Yo las imité.

—¡Se ha ido! —gritó Mia—. ¡Ha sido por tu culpa, Daisy!

—¡No! ¡Ha sido culpa de Cally! Si nos hubiera

pedido perdón cuando le hemos dicho que lo hiciera no habríamos tenido que dejarlo solo tanto tiempo.

Mia me cogió de la manga.

—¡Típico de ti! ¡Siempre tienes que estropearlo todo!

Salí corriendo. Mia se quedó con mi chaqueta gris en la mano.

—Cuando lo vuelva a ver no te diré nada. ¡Nunca! —gritó mientras me alejaba.

Me fui a la biblioteca un poco por escaparme de Mia y Daisy y otro poco para informarme sobre los perros. Descubrí que *Vagabundo* era un lobero irlandés, un perro de caza, leal y protector. En el pasado la gente pagaba fortunas por uno de ellos. En un libro había una historia ilustrada con un dibujo en sepia del famoso perro *Cu*, que salvó al hijo de su amo de un ataque de lobos. Lo miré con atención: era idéntico a *Vagabundo*. La clase de perro del que podías esperar que fuera hasta el fin del mundo sólo para rescatarte.

Deseaba verlo de nuevo. Deseaba que se quedara conmigo.

15

Ese mismo viernes, después de salir de la escuela, pasé por el parque. Mamá estaba al otro lado del estanque de los patos con su chubasquero rojo y su gorro de lluvia. *Vagabundo* estaba con ella. Al verme, el perro rodeó el estanque y se me acercó. A mi madre aquello parecía hacerla feliz.

Si los perros hablaran, *Vagabundo* podría haberles contado a todos que también veía a mamá. Seguro que entonces me habrían creído. Aunque, pensándolo bien, no era tan mala idea que *Vagabundo* no hablara. Que no me preguntara por qué no había terminado mis deberes de mates o adónde se habían ido mis puntos y comas o dónde había metido mi estuche.

Vagabundo y yo nos sentamos a la orilla del estanque. El perro seguía con la mirada los movimientos de mamá, que tiraba migas de pan a los patos. Levantaba las orejas cada vez que ella nos sonreía.

Me imaginé diciendo «migajas de pan para recordar el camino a casa» y a ella contestando «como en *Hansel y Gretel*».

«Mamá —dije mentalmente—, ¿me encontrarás cuando me mude de casa?, ¿llevaras a *Vagabundo* contigo?»

Me recosté sobre *Vagabundo* y cerré los ojos. Imaginé que estaba abrazada a ella: su cuerpo cálido y sólido junto al mío y sus labios besándome la frente. *Vagabundo* olía igual que un conejo de juguete que tuve cuando era más pequeña. Apoyé la cabeza sobre él y me olvidé del tiempo.

Entonces apareció Luke y se sentó junto a mí. Me dijo que me habían estado buscando por todas partes. Le hizo unas caricias a *Vagabundo*.

—Hola, chico, ¿de dónde has salido?

Mamá había desaparecido. *Vagabundo* se incorporó sobre sus cuatro patas y se nos quedó mirando. Movía la cola mientras le lamía la mano a Luke.

—Papá nos está esperando en la esquina con la furgoneta de la mudanza —dijo Luke—. Mejor que nos movamos antes de que vea al perro o se enfadará. ¿De dónde lo has sacado?

Luke me rodeó con el brazo y me obligó a dejar a *Vagabundo*. Tenía un paquete de chicles en la mano.

—Con estos puedes hacer globos grandes como balones de fútbol —dijo—. Pero si lloras, no podrás masticarlos bien. Vamos, inténtalo.

Papá apareció en una gran furgoneta a la entrada del parque. Bajó la ventanilla y nos llamó.

—Entrad, de prisa. No puedo aparcar sobre las líneas amarillas.

Nos metimos en la furgoneta.

—¿Dónde está tu chaqueta? —preguntó.

Luke sacudió la cabeza de un lado al otro.

—Papá, creo que Cally no está bien —dijo.

16

A la mañana siguiente desperté en mi vieja cama en una nueva habitación. Olía a tortitas. Cuando mamá hacía tortitas significaba dos cosas: que iba a llover todo el día y que lo mejor era quedarse en casa comiendo cosas ricas y mirando la tele o que era un día especial. Un cumpleaños, por ejemplo.

Salí al pasillo. Papá y Luke estaban en la cocina hablando de mí y no había rastro de las tortitas.

—Simplemente se ha tomado muy a pecho lo del silencio patrocinado. Ya sabes cómo es —decía papá.

—El silencio está bien. Pero eso fue hace una semana. Ya le dimos el dinero. ¿No te acuerdas?

—¿Y ayer en el parque? Seguro que en el parque dijo algo. —Papá suspiró—. ¿Dónde he puesto la leche?

—Papá, te digo que no suelta una sola palabra.

No creo que haya abierto la boca desde que nos enseñaste el piso nuevo la semana pasada.

—Es sólo uno de sus juegos tontos.

—Pues este juego ya dura más que el Monopoly.

Como no es bueno dejar que la gente se pase mucho tiempo hablando de uno a sus espaldas, entré en la cocina. Papá me dio los buenos días, que es algo que no suele hacer. Me preguntó si me encontraba bien y si me dolía la garganta. Luego me pasó un tazón.

—Vete abajo y pregunta a los vecinos si pueden darnos un poco de leche.

Papá me hizo salir y dejó la puerta abierta. Oí como él y Luke se escurrían detrás de la puerta y supe que me estaban espiando.

Bajé por la escalera y me dirigí al corredor que daba al patio trasero. La puerta del primer piso estaba pintada de color rojo brillante y del interior salía un fuerte olor a frituras dulces. El picaporte estaba recubierto de esponja y había un llamador en forma de tambor. Un palo colgaba de una cuerda atada a la parte superior del marco de la puerta. Me lo quedé mirando durante un montón de tiempo. No porque no supiera para qué servía, sino porque no sabía cómo llamar a la puerta. En las series de televisión que ve papá, la policía golpea la puerta tres veces o bien cinco veces si el caso es muy serio. Pero yo no quería hacer eso. También existe el código que uno usa cuando conoce a los dueños de la casa. Por otro lado, si das cuatro golpes rápidos, suena como si fueras un vendedor o alguien que quiere quejarse. Un solo golpe puede prestarse a confusión: suena como si algo acabara de caerse al suelo.

Mientras estaba ahí afuera pensando, se abrió la puerta y salió una señora descalza, con el pelo recogido en una coleta y un plato cubierto de papel de plata.

—Uy, hola —dijo con voz alegre—. Debes de venir de arriba, ¿verdad? Estaba a punto de subir a tu casa. Os he preparado unas tortitas.

Levantó el papel de plata.

—¿Cuántos sois? Espero haber hecho suficientes.

Levanté tres dedos y le mostré la jarra.

—Ah, ya veo —dijo, dando un paso hacia el interior de la casa—. El primer día en una casa nueva es imposible encontrar nada. No te preocupes. Tengo leche de sobra.

Arrastró con el pie una bolsa azul que estaba junto a la puerta y me invitó a pasar.

Su piso no se parecía en nada al nuestro. Las paredes estaban pintadas de amarillo, naranja y verde. En los rincones de la casa se amontonaban trozos de tubos de plástico cubiertos de papel de plata y cables. Bajo las ventanas había estatuas, plumas, piedras y trozos de corteza de árbol. Los estantes estaban llenos de juegos y modelos. Todas las cosas eran tan brillantes que daban ganas de tocarlas. Parecían estar bañadas en magia.

Había un niño sentado a una gran mesa de madera cuyas esquinas estaban revestidas con esponja. Lo primero que me llamó la atención de él fueron sus ojos, rodeados por unas sombras negras que resaltaban sobre una piel del color de la luna. Tenía un flequillo largo y amontonado debajo de unas gafas de submarinismo que llevaba puestas sobre la frente. Sus delgados dedos manipulaban las piezas de lo que fuera que estaba montando.

Su madre golpeó el suelo de madera con el pie.

—Sam —dijo. El niño se volvió hacia nosotros. Luego ella le acarició la espalda, lo cogió de la mano y le tocó distintas partes de los dedos, como si fueran un teclado.

»Está aquí nuestra vecina —dijo—. Es una niña de tu edad. Parece buena chica. —Sonrió y volvió a darle golpecitos en los dedos—. Necesita un poco de leche.

La señora sacó la jarra y la puso en manos de Sam al mismo tiempo que le quitaba las gafas de submarinismo. Sam puso los ojos en blanco y se dirigió a la cocina pasando la punta de sus dedos por la pared y acariciando todos esos objetos que lo rodeaban y llenaban la habitación. Con mucho cuidado, puso los dedos en el borde de la jarra y la llenó de leche. Cuando la leche llegó hasta a la altura de los dedos, dejó de servir y trajo de regreso la jarra.

—Soy la señora Cooper y éste es Sam. Tiene once años —dijo la mujer—. Es ciego y casi completamente sordo, pero por lo demás es como tú y yo. —Sonrió y me cogió de la mano—. Tiene su propio modo de conocer a la gente. ¿Y tú cómo te llamas?

Salí corriendo en dirección a la escalera sin leche y sin tortitas, me metí en mi habitación y me escondí debajo de las mantas. No quería decir mi nombre. Además no tenía la sensación de gustarle demasiado a Sam. A mí tampoco me había gustado la forma en que me había tocado la cara.

De pronto, llamaron a la puerta de casa y papá fue a abrir.

Oí a la señora Cooper presentarse y decir que tenía un hijo llamado Sam.

—Les he traído leche —añadió la señora Cooper—. Espero que sea suficiente. También les he preparado unas tortitas. Ojalá les gusten.

Cuando se cerró la puerta, Luke dijo susurrando:

—Deberías haberle preguntado si Cally le ha dicho algo.

—Pues debe de haberlo hecho porque nos ha traído la leche, ¿verdad? —contestó papá con un suspiro.

En seguida llamaron a la puerta otra vez. Era la señora Cooper.

—Lamento molestarle de nuevo. Es que mi niño me ha pedido que le diera esto a su hija —dijo.

Papá entró en mi habitación y se quedó un momento en silencio. Saqué la mano por debajo de la colcha y papá dejó caer algo sobre ella. Lo palpé: eran dos pequeños círculos de plástico con unas ranuras en los bordes. Parecían los engranajes de una máquina.

17

Bajé otra vez al primer piso para escaparme de Luke, que estaba empeñado en hacerme hablar y lo intentaba todo para salirse con la suya: saltaba a mis espaldas para que yo me asustara, me apoyaba una llave fría sobre la piel... cosas así. Cosas que me tenían harta, la verdad. Por otro lado el asunto de los engranajes me intrigaba. Se supone que cuando hay engranajes significa que hay una máquina por ahí que los necesita para funcionar correctamente.

Me quité los zapatos y descendí la escalera lentamente sin decirle nada a papá, que estaba ocupadísimo vaciando cajas de cartón. Una vez abajo, estuve un siglo mirando la piel amarillenta del tambor a causa de los años y tratando de oír los sonidos que procedían del interior de la casa, como si esperase que la puerta se abriera por sí misma. Esperé y esperé. Practiqué mis tablas de multiplicar un par de veces. Esperé un rato más. Finalmente, decidí que lo mejor era dar dos golpes de tambor.

Desde el interior de la casa llegó un grito de alegría.

La señora Cooper abrió. Junto a la puerta había una bolsa de deporte azul. La señora Cooper puso los ojos en blanco y la apartó con el pie. Sam estaba palpando unos estantes. Cogió una caja de cartón apilada entre muchas otras y al hacerlo tiró algunas cosas al suelo. Dijo algo, pero como su voz sonaba bastante rara, no lo entendí. Levantó la caja por encima de su cabeza.

La señora Cooper cerró la puerta y me dijo entre susurros:

—No ve y tampoco oye demasiado, pero te juro que no muerde.

Sam se dirigió a la mesa del comedor arrastrando una silla que puso junto a mí. Como parecía no darse cuenta de mi presencia, me incliné sobre la silla.

Volcó el contenido de la caja en un recipiente. Había una esfera de reloj con unos números. Sam enganchó la esfera a una argolla llena de protuberancias. Las instrucciones del aparato decían que las protuberancias constituían una especie de escritura que Sam podía palpar. En silencio, fue enganchando y girando y moviendo partes de la cara trasera del reloj. Metí la mano en el bolsillo y busqué los dos engranajes. Quería ver si era capaz de decir, con sólo tocarlos, en qué parte del reloj iban.

En una casa sumida en el silencio absoluto se oyen los crujidos y ruiditos más ligeros: un golpe procedente del piso de arriba, la voz de papá, el zumbido de la nevera, mi respiración y la respiración de Sam, más rápida que la mía. Sam se me acercó como si estuviera haciendo un esfuerzo por captar todos mis ruidos. Un tubito de plástico le rodeaba la oreja y entraba por el oído izquierdo.

La señora Cooper nos trajo dos vasos de zumo de naranja. Puso uno de los vasos directamente en manos de su hijo junto con una servilleta. Ni siquiera su flequillo largo y caído alcanzaba a ocultar la sonrisa de Sam.

Sam acercó una mano. Sobre su manga relucían restos de zumo. No hacía falta que me dijera qué quería para que yo lo entendiera. Puse sobre su huesuda mano los dos engranajes que me había dado un rato antes y él sonrió como si estuviera mirando en su interior y recordara algo que lo hacía feliz. Yo también sonreí, aunque él no podía verme.

La señora Cooper regresó a la mesa cuando hubimos terminado de montar el reloj. Algunos de los engranajes estaban mal puestos, de modo que se tomó unos minutos para desmontarlo y ayudar a Sam a colocar las piezas en los lugares correctos. De vez en cuando Sam le daba golpecitos en las manos para indicarle que le dejara hacer a él. Otras veces era la madre quien le daba golpecitos con los dedos y él recogía sus manos y las llevaba debajo de la mesa. En un momento, Sam se me acercó tanto que pude olerle el zumo en el aliento y ver la pelusilla negra que le cubría el labio superior. Para ese entonces yo ya sabía que Sam no era capaz de ver las cosas como nosotros, que el motivo por el que se acercaba tanto a las personas era que el mundo le hablaba a través de la piel. Se llevó el reloj a la oreja izquierda y me hizo escuchar con él el tictac acompasado. Las pequeñas piezas formaban un objeto único y perfecto.

Sobre la mesa, Sam tenía montones de cajas de colores llenas de tarjetas. En la parte de abajo tenían palabras escritas y en la parte de arriba, unas pequeñas protuberancias.

—Se llama Braille —me dijo la señora Cooper señalando las tarjetas—. Es una especie de escritura que Sam puede leer.

Las tarjetas tenían dibujos pegados con una cinta adhesiva que el tiempo había vuelto de color amarillento. Sam apoyó tres tarjetas sobre la mesa. Una de ellas tenía el dibujo de una sartén y dos círculos amarillos que decían «tortitas», otra un dibujo de un reloj con la palabra «reloj» escrita y la tercera, un gran número dos.

—Sam tiene su propia manera de ver y le gusta que la gente se haga una idea propia de lo que les dice —explicó la señora Cooper.

Mediante las tarjetas Sam me estaba diciendo que habían hecho las tortitas para que nosotros dos pudiéramos conocernos y montar el reloj.

De pronto golpearon la puerta muy fuerte, como hacen los policías de las series. La señora Cooper fue a abrir.

—¿Está mi hija por aquí? —preguntó papá.

—Oh, hola. Sí, aquí está. Estaba ayudando a Sam. Pase.

Papá se quedó quieto en el pasillo.

—Cally no me ha avisado de adónde iba —dijo.

—Lo siento, no se me ha ocurrido preguntarle —susurró la señora Cooper sonriéndome y guiñándome el ojo—. Me ha parecido tan tímida y tan calladita...

Papá no dijo nada pero se me quedó mirando con los ojos entrecerrados. Luego vio a Sam, que me estaba mostrando dos nuevas tarjetas. Una decía «tortitas» y la otra «paquete». Sam puso los ojos en blanco y giró la cabeza en dirección a papá. Supongo que quería decir que las tortitas eran una especie de regalo. Pero no estoy segura.

—Gracias por las tortitas —dijo papá mordiéndose el labio. Y luego mirándome a mí—: Cally, vamos, tenemos que terminar de deshacer las cajas.

—Si puedo hacer algo por vosotros, no tenéis más que decírmelo. Cally siempre es bienvenida aquí —dijo la señora Cooper.

Pero papá no la oyó porque ya estaba llegando a la segunda planta.

18

Más tarde papá nos dijo:

—Venga, vamos a dar un paseo. Luke, ¿quieres venir?

Cruzamos la zona comunitaria, cubierta de helechos y zarzamoras, sombreada por viejos árboles de troncos pálidos y retorcidos. Nos detuvimos en un claro donde había un banco un poco inclinado y hundido en la tierra blanda. A nuestro alrededor, revoloteaban las urracas.

Papá me dio un golpecito con el codo.

—¿Cómo se llama ese niño?

—Sam —dijo Luke, poniendo los ojos en blanco—. No hables de él como si tuviera un problema. Simplemente, no puede ver ni oír. ¿Verdad, Cally?

Asentí con la cabeza.

Luke lanzó su pelota y luego salió corriendo tras

ella. La segunda vez la arrojó contra una chica que jugueteaba junto a la rama baja de un árbol.

Papá se cruzó de brazos. Nos quedamos viendo a un viejo encorvado que se arrastraba entre los claros que dejaban los árboles. El terreno se inclinaba más allá de una franja de hierba crecida. A lo lejos, se veían las cúpulas de los bancos así como las iglesias de la ciudad.

—Antes allí había un lago —dijo papá—, justo detrás de los árboles. Lo llamábamos el Lago de los Cisnes. Cuando era pequeño solía ir allí a jugar con los barcos de juguete que me fabricaba yo mismo.

Papá se rió.

—Un día mi barco se hundió. Todavía debe de estar por ahí, pudriéndose. Cerraron el sitio hace siglos. No recuerdo por qué.

No solía hablar así muy a menudo. Me gustaba. Me apoyé sobre su hombro.

—Había un trenecito de vapor —dijo, señalando los árboles más altos con el dedo—. Como los niños nunca tenían ni un penique, esperaban a que el conductor se distrajera para saltar a la parte de atrás.

Se rió otra vez. Me miró y sonrió.

—Yo fantaseaba con tener mi propio tren, sobre a quién llevaría y los lugares a los que iría: montañas, cataratas, lagos y hasta los glaciares de Islandia.

Me lo imaginé asomándose por la ventana de un

tren y casi pude oír el traqueteo y el golpeteo de las ruedas sobre los rieles.

—Los niños suelen inventar historias sobre toda clase de cosas. Supongo que es porque les gustaría que su vida fuera diferente —dijo dándome otro golpecito—. A mí también me gustaría que nuestra vida fuera diferente.

Por un minuto creí entender que mi padre me estaba dando permiso para dejar de hacer como si mamá no hubiera existido nunca, para recordarla, para que pudiéramos sentir que todavía andaba por allí, y estuve a punto de decirle: «Vale, papá, pongamos las fotos nuevamente a la vista y hablemos de las navidades y los cumpleaños y las vacaciones que pasamos los cuatro juntos y coge tu guitarra y tratemos de cantar las canciones que ella cantaba».

Pero, entonces, papá dijo:

—Sin embargo, es hora de que olvidemos el pasado y dejemos de inventar cuentos tontos. Es hora de crecer.

Traté de no prestar atención a sus palabras, tan parecidas a las de la señorita Brooks. Hasta me imaginé a la señorita explicándole a papá lo que tenía que decirme. Me quedé mirando a Luke jugando con su pelota y acercándose peligrosamente a la chica, que ahora estaba colgada cabeza abajo de la rama del árbol.

Papá siguió con lo suyo.

—Lo primero que haremos será pintar tu cuarto. ¿Qué color prefieres?

La chica se puso a dar vueltas alrededor de la rama. Su cabello castaño y largo se mecía de un lado a otro. Luke se apoyó en el árbol.

—Supongo que rosa —dijo papá—. A las niñas os gusta el rosa, ¿verdad?

Le di una patada a un montón de caca de conejo que había sobre un matojo de hierba, junto al banco. Cuando te pasas un tiempo sin hablar, incluso algo tan importante como el color de una habitación deja de interesarte. Me encogí de hombros. Sabía que él esperaba que dijese algo. Aunque algo no demasiado importante o que le incomodara escuchar. El rosa ya no me gustaba. Ya no era una niña. Traté de imaginar mi habitación de cualquier otro color que no fuera rosa ni tampoco ese color a libro viejo que tenían las paredes.

La chica se sentó en la rama y Luke se acomodó junto a ella. Ella se quitó la cinta que llevaba en la cabeza, se alisó el cabello y volvió a ponérsela.

—¿No piensas hablarme? ¿Después de todo lo que te he dicho? —preguntó papá.

Se reclinó sobre el banco y éste se hundió en el terreno un poco más. Papá se puso de pie y buscó una piedra para ponerla debajo de la pata del banco, que estaba apoyada sobre un pedazo de cemento roto.

—Las lluvias lo han desgastado. Hablaré con la comunidad de vecinos —murmuró mirando alrededor como si buscara a alguien que pudiera solucionar aquel problema. Entonces suspiró, me miró y dijo—: ¿Sabes una cosa? Tarde o temprano tendrás que hablar. De lo contrario, ¿cómo vas a conseguir lo que deseas?

19

Papá y Luke redistribuyeron el mobiliario de la casa. Teníamos un sofá de dos plazas y un par de butacas que, los pusieras como los pusieras, no te dejaban ver bien la televisión. También se hacía difícil pasar de la cocina al salón sin saltar por encima del respaldo del sofá.

Papá murmuró:

—Aquí no hay sitio ni para el gato.

—No tenemos gato —dijo Luke.

—Es una forma de hablar —dijo papá.

—No soy tonto. Ya lo sé —contestó Luke.

—Con gato o sin él, tenemos demasiadas cosas. Hay que hacer algo. Creo que habrá que deshacerse de una de las dos butacas.

—Pero entonces sólo tendremos tres asientos.

—Pues perfecto, porque somos tres, Luke. Tres personas, tres asientos. Los números cuadran.

—Pero ¿y si viene alguien?

—¿Como quién?

Luke se enfurruñó y puso los ojos en blanco.

—No me sorprende que Cally no quiera hablarte —dijo por lo bajo.

—Pues no se me ocurre ningún motivo, ¿y a ti? —murmuró papá.

Papá y Luke bajaron la butaca por la escalera. La dejaron fuera con una nota que decía: «Podéis cogerme».

Papá puso en una caja los utensilios de cocina de mamá porque no había suficientes estantes. También guardó los libros, la guitarra (con la excusa de que estaba estropeada) y muchos otros objetos que no había tocado en un año.

Después miró su reloj y dijo que había quedado con los colegas del trabajo para tomar una pinta de cerveza.

—Haz sitio para estas cajas, Luke. No tardaré en regresar —dijo.

Pero Luke no le hizo caso. Estaba demasiado ocupado conduciendo a toda velocidad un coche deportivo en su ordenador. De modo que las cogí yo para asegurarme de que no se perdiera nada. Arrastré la butaca hasta el pasillo, fui a la puerta trasera y lo guardé todo en el trastero. Cogí mis colores y cuadernos de dibujo y también los guardé.

El trastero estaba pintado de color naranja y olía a pintura. No había nada en el interior excepto un viejo paraguas. Me metí dentro. Era como estar en una casa propia, una casa grande llena de cosas importantes.

Dibujé a *Vagabundo* con mamá, vestida con su chubasquero y su sombrero. A su lado dibujé un globo como los de los cómics, para escribir en el interior algunas palabras. Miré el dibujo y me imaginé preguntándole a mi madre de qué color debía pintar mi habitación. «Del color del mar más profundo, o del cielo antes de la noche», decía. Luego le pregunté por qué las estrellas no se veían de día. «Nunca fui buena en ciencias, pero ya sabes que la luz brilla mejor en la oscuridad.» «Por eso existen los fuegos artificiales», dije. Y ella se rió.

20

—Tenemos que trabajar con vuestra respiración —nos dijo el señor Crisp, al final de la lección de música del lunes—. Especialmente aquellos que cantáis al final del concierto.

El señor Crisp se hacía cargo de la clase de canto, de las obras de teatro, de los conciertos y de que todos fuéramos felices. Su cabello era gris como un día brumoso y nunca paraba de sonreír.

—Imaginad que estáis llenos de aire.

—No, no es cierto, señor. Estamos llenos de agua.

—Daniel Bird, ésta no es la clase de ciencias sino la clase de música. Aquí las reglas son otras.

—Pero es lo que dice la señorita Steadman.

El señor Crisp tenía la habilidad de levantar una sola ceja.

—Si quieres que hablemos en términos completamente científicos, lo cierto es que estamos hechos de espacio y el espacio es el sitio donde nacen todos los sonidos. Ahora, todo el mundo a abrir bien la boca. Quiero que quede espacio para que podáis meteros dos dedos. ¡Bird, he dicho dos dedos, no la mano entera!

Se dio unas palmadas en su redonda barriga.

—¡Bien! Ahora, poned vuestras manos a los lados del ombligo, llenad de aire los pulmones, sentid cómo se os expande la barriga. Daniel, ya puedes sacarte los dedos de la boca.

Yo abría la boca cuando se suponía que teníamos que cantar, pero no permitía que saliera de ella ningún sonido.

—Hummm. Los que lo habéis intentado, lo habéis hecho mucho mejor esta vez —dijo el señor Crisp levantando una sola ceja—. Ya sabéis, los sonidos salen por vuestra boca aunque en realidad comienzan mucho antes, en la respiración.

Cuando sonó la campana me dijo:

—Cally, me gustaría hablar contigo un momento.

Se sentó y me indicó con señas que me acercara.

—Tengo entendido que no te has apuntado al concierto —dijo cuando ya se habían ido todos—. Como se suele decir en estas ocasiones, creo que aquí hay gato encerrado. Juraría que te mueres de ganas de cantar con todas tus fuerzas frente a todo el mundo.

Se dio unos golpecitos en los labios y tocó unas

notas en su teclado, como si eso lo ayudara a pensar. No se oyó ningún sonido porque el teclado no estaba enchufado.

—¿Recuerdas cuando representamos *La telaraña de Carlota* en cuarto? ¿Tu actuación, tu *opus magnus*? Todavía recuerdas la letra de esa canción de hace dos años, ¿verdad?

Claro que la recordaba. Carlota (o sea, yo embutida en un disfraz negro acolchado rematado en unas patas largas sostenidas por palos) acababa de poner quinientos huevos. Harry Turner, que hacía de Wilbur, el cerdo, tenía que preguntarme: «¿Qué es *opus magnus*?», y yo tenía que contestarle que se trataba de una gran obra; el mejor trabajo que hayas hecho.

—¿Lo recuerdas? —preguntó el señor Crisp mirando al cielo como si pudiera ver el pasado—. Tu madre se sintió muy orgullosa de ti ese día. Y sé que le habría encantado verte en *Olivia* el año pasado.

Guardó silencio unos instantes, como para darnos tiempo a pensar por qué mi madre no había podido asistir al concierto el año pasado y controlar así la tristeza. Cuando volvió a hablar, su voz sonaba fuerte y cálida, como si le saliera del fondo del estómago.

—Tu madre vino a verme unos días antes de tu actuación. Me dijo que te tenía preparada una sorpresa para que supieras cuán importante era para ella que cantaras, aunque nunca me dijo de qué se trataba.

Yo tampoco sabía cuál era la sorpresa de mamá, pero las palabras del señor Crisp me aligeraron el corazón. Podía imaginarme al señor Crisp hablando con ella un año atrás. De alguna manera, al recordar todo eso, la estaba devolviendo a la vida, la traía de regreso.

—De modo, señorita Fisher, que quiero que sepa que no es tarde para arrepentirse. Si todavía quiere cantar, haré una excepción.

Esperó un minuto. Pasó los dedos por el teclado y se dio una palmada en la pierna.

—Está bien, puedes irte. Pero recuerda que puedes venir a verme cuando lo necesites.

Encendió el teclado y se puso a tocar.

Me alejé lentamente en dirección a la puerta. El cabello del señor Crisp parecía hincharse como una espesa bruma. Me gustó que no me insistiera ni me mirara con desilusión. Me gustó su música.

Pero antes de que me fuera, el señor Crip dejó de tocar, levantó el brazo para señalar el lugar donde estaban las panderetas y los tambores, los amplificadores y las guitarras, y las hileras de teclados silenciosos, y dijo:

—¿Sabes? Un instrumento que no se usa no es más que un trozo de madera o un pedazo de metal o plástico. Creo que todavía puedes hacer que tu madre se sienta orgullosa de ti.

21

Al llegar a casa me encontré a Sam apoyado en uno de los muros del edificio. Estiró las manos y me las pasó por la cara para saber quién era. Yo abrí la puerta para entrar y Sam rió y se balanceó. Llevaba consigo una vieja cámara Polaroid. Se llevó la cámara a la cara, apoyó una de sus manos sobre mi hombro y accionó el disparador. La cámara ronroneó mientras salía de su interior un papel de color gris brillante. Al instante apareció como por arte de magia una fotografía. La imagen estaba cortada a la altura del mentón, pero aun así mi cara se veía muy bien. Al fondo se intuía el verdor del parque. Cambiamos de sitio para que yo pudiera tomarle una foto a él.

Entramos y le dimos las fotos a la señora Cooper. En la casa había un aparato parecido a una máquina de escribir salvo que con seis teclas únicamente. Una de ellas estaba en el centro y era más grande que las otras. La señora Cooper hizo los bultitos Braille con la máquina en una de las tarjetas y le pegó mi foto.

—Realmente no hablas mucho, ¿verdad? —dijo—. ¿Qué tal si escribes tu nombre?

La escritura no es como hablar. La escritura es buena para decir cosas sin decirlas. En lugar de escribir mi nombre en la tarjeta, lo que escribí fue: «Sam es mi mejor amigo».

La señora Cooper le pasó el mensaje a Sam y éste le dio un rotulador (a Sam le costaba escribir) y le indicó a su madre lo que quería que escribiese en su foto. Luego ella me entregó el mensaje y se fue a preparar el té. El mensaje decía: «Cally y yo. Uno que siente y otro que ve». Era un pequeño poema. Yo sabía bien quién era cada cual.

Me quedé mirando la foto que quería guardarme para mí: Sam, mi nuevo mejor amigo, sonreía debajo de su flequillo inquieto con el inmenso jardín y los árboles de fondo. A su lado había una figura familiar: un enorme perro gris.

El corazón me dio un salto. Durante unos instantes me faltó la respiración y temí que la cabeza me fuera a estallar de un momento a otro. Sam se apoyó sobre mí, y se cogió de mi brazo. Se lo veía pensativo, como si supiera que algo estaba a punto de pasar. Cogió su caja de tarjetas y buscó una que decía «¿Qué ocurre?».

Yo le entregué una tarjeta que decía «perro», y Sam pasó los dedos por la superficie y asintió con la cabeza. Luego le di otra que ponía «grande». Sam volvió a asentir. Busqué una que tuviera escrito «Vagabundo»; como no la encontré le di una que decía «perdido». Sam arrugó las cejas.

Llevé a Sam afuera y lo puse en el lugar exacto donde lo había encontrado al llegar a casa, lo cogí del brazo y apunté su dedo índice en dirección al parque. Allí, a lo lejos, estaba *Vagabundo* con la nariz pegada al suelo. Trepé por una pared y traté de formar una estrella moviendo los brazos para llamar su atención. *Vagabundo* levantó la cabeza y echó las orejas hacia adelante. Luego se me acercó. Al principio lentamente, luego corriendo a toda velocidad.

Quise poner la mano de Sam sobre *Vagabundo* pero él no me lo permitió. Su mano apretó la mía con fuerza mientras yo trataba de hacerle palpar aquel cuerpo enorme y peludo. Al final *Vagabundo* nos dejó tocarle la nariz fría y húmeda y los colmillos enormes y acariciarle la cola curva. Sam temblaba de alegría y no paraba de reírse. Jamás había tocado nada ni remotamente parecido a *Vagabundo*. Estaba muy contenta de haber sido yo la que le ofreciera esa posibilidad. Acaricié las orejas de *Vagabundo*. Eran suaves como el pelo de mi madre.

Sam tomó dos fotos de *Vagabundo*. La primera fue un intento fallido: en la foto sólo aparecían las patas traseras y la cola del perro. *Vagabundo* no estaba quieto un segundo. Daba vueltas a nuestro alrededor como si no quisiera que nos fuéramos.

—Espera —dijo Sam de pronto.

Me dejó con *Vagabundo* y se fue hacia su casa a toda prisa. Regresó con un trozo de queso y un poco de jamón que *Vagabundo* engulló en un abrir y cerrar de ojos. Sam posó una mano en el lugar donde estaba el corazón de *Vagabundo* y le dio unas palmaditas en el pecho. Después puso una de sus tarjetas en mi mano y se quedó tan quieto que parecía haberse dormido de pie.

Miré la tarjeta. Había una foto idéntica a aquella que salía en la página de la agencia inmobiliaria y que nos había mostrado papá: una foto del número 4 de Albert Terrace. La tarjeta decía «hogar».

22

Entonces apareció la señora Cooper.

—Ya casi es hora de la merienda —dijo.

Cuando vio a *Vagabundo* sus ojos casi se le salen de las órbitas.

—¡Dios mío! —dijo—. ¿De dónde ha salido?

Sam se quedó callado. Tenía la cara seria. Estiró la mano por si acaso la señora Cooper quería decirle algo.

—Estos perros no se ven todos los días —dijo riendo—. Son cazadores de lobos. Hoy en día no puede decirse que tengan demasiado trabajo. Debe de estar perdido, ¿no os parece?

Buscó entre el pelaje para ver si llevaba un collar. *Vagabundo* no tenía ninguno.

—Hay que averiguar quién es su dueño. Aunque me cuesta imaginar quién ha podido perder una cosa tan grande.

Vagabundo se sentó y me miró directamente a los ojos. Parecía saber que algo no iba bien.

—Deben de echarlo mucho de menos. Haré un par de llamadas.

Sam se aferró a *Vagabundo* y a mí cuando su madre subió a llamar.

Y entonces llegó papá.

—¿Cómo demonios ha llegado aquí ese perro? —preguntó enfadado.

—Lo han encontrado los niños —dijo la señora Cooper, ya de regreso.

—Pero ¿qué está haciendo aquí?

La señora Cooper pestañeó.

—Creí que debíamos averiguar si se había perdido.

—¿Y?

—He preguntado, pero no lo ha reclamado nadie.

Papá inhaló profundamente y luego clavó su mirada en mí.

—¿Vas a decirme de qué va todo esto?

Me abracé a *Vagabundo*, miré sus ojos dulces y marrones y luego miré los ojos gélidos de mi padre. Sam todavía no me había soltado. En la mano tenía la tarjeta que decía «hogar». *Vagabundo* levantó la oreja izquierda, como queriendo apuntar en dirección a papá.

Mi padre cerró los ojos.

—No podemos quedárnoslo de ningún modo —dijo.

¿Había alguna forma de hacerle cambiar de parecer? Rogué, deseé, traté de creer que sí.

Junté las manos como si rezara.

—No, no podremos mantenerlo.

Sam le dijo algo a su madre.

—¿Y si lo mantuviéramos entre todos? —preguntó la señora Cooper.

—¡He dicho que no! —gruñó mi padre, mirándola fijamente—. En este momento ya tengo demasiados problemas.

—Pues es una pena que esto le parezca un problema —dijo la señora Cooper con voz tranquila.

Mi padre apretó los labios y se quedó pensativo. No era difícil saber qué pasaba por su cabeza en esos momentos porque por lo general no tenía pelos en la lengua: «¡No se meta donde no la llaman! ¡Ocúpese de sus propios asuntos! ¡Fuera de mi casa!».

Entonces me miró una vez más y dijo:

—¡No!

Sonó un pitido y *Vagabundo* levantó las orejas. Miró por encima de su hombro. Detrás de los árboles, había una pequeña silueta oscura vestida con una chaqueta lila que sólo yo podía ver: Jed. *Vagabundo* se escapó de mis manos, cruzó la puerta abierta y se fue corriendo.

—Vaya, asunto resulto por ahora —dijo, suspirando, la señora Cooper.

—Alguien se ocupará de él. Los niños lo olvidarán pronto —dijo papá, sin apartar la mirada de la señora Cooper.

Olvidar. Ésta es una de las palabras que más odio. Sé muy bien lo que significa: la imposibilidad de recordar. También sé que las personas que son capaces de recordar son mejores que las que no lo hacen.

Papá se abrió paso y me llamó desde dentro, sin volverse ni una sola vez.

—Cally, ven a casa ya.

—Lo siento, creo que he empeorado las cosas —me dijo al oído la señora Cooper.

Sam le dio unos golpecitos en la mano. Me impresionaba la forma en que ella conseguía que los golpes tuvieran sentido. Era como si realmente pudiera oírlo.

De pronto, se encogió de hombros y sonrió.

—Sam dice que no te preocupes, que no estás sola.

23

Papá veía la televisión tumbado en el sofá. Llevaba la camiseta por fuera de los pantalones y tenía una cerveza en la mano.

—Oye, no podemos tener un perro aquí —dijo.

Se incorporó en el respaldo, dejó la lata y apretó el botón de silencio.

—Nosotros no podríamos mantenerlo. ¿No te parece mejor que viva en una casa donde sí puedan hacerlo?

Tratar de persuadirlo de lo contrario no tenía ningún sentido. De hecho, no tenía sentido hablar con él. Me crucé de brazos, mientras en la pantalla de televisión una mujer gritaba en silencio. Un policía le devolvía los gritos. Los dos allí, en la pantalla, atrapados detrás de un cristal.

—Supongo que ahora tendrás otra razón más para seguir callada.

Fue la primera vez que sentí que su voz se resquebrajaba.

La mujer de la tele escapaba de una enorme explosión. El policía disparaba en dirección a las llamas. Papá se puso de pie y apagó el televisor. El fuego se fundió en el negro de la pantalla.

—Mira, si me dijeras qué te pasa, tal vez podría ayudarte a resolverlo.

Papá puso los ojos en blanco tras darse cuenta de lo que había dicho.

—Está bien, no puedo hacer nada ni respecto a la mudanza ni respecto al perro. Ya te he explicado por qué. —Se inclinó hacia mí—. Cally, di algo, por favor.

Aunque hubiese querido explicarle no habría podido. No es bueno olvidar lo que alguna vez fue importante. Es cierto, mamá estaba muerta, pero el caso era que papá quería hacer como si nunca hubiese existido, como si jamás la hubiésemos conocido. Pero mamá seguía con nosotros. Yo la veía y la sentía. Sobre todo la sentía cuando estaba con *Vagabundo*.

—¿Ha pasado algo en la escuela?

Esperó a que le respondiera algo.

—Di algo, por favor.

Lo miré a los ojos. Vi reflejada en ellos una pequeña versión de mí misma. Por dentro dije: «Mamá, adoro a ese perro». Mamá me contestó: «Ya lo sé».

Entonces papá fue hasta la nevera, cogió otra cerveza y dijo:

—Esto de negarte a hablar no es muy inteligente. Lo sabes, ¿verdad?

Recordé el día que visitamos la amarillenta catedral del palacio episcopal, en Wells. Había un foso y una ventana abierta que daba al puente levadizo. Los cisnes nadaban en el foso. Dos de ellos estiraron sus cuellos para tirar de la cuerda azul que hacía sonar una campanilla. No emitieron ni un solo graznido. Simplemente, usaron la campanilla para que los encargados de alimentarlos supieran que tenían hambre.

—Qué criaturas tan hermosas. ¿Habéis visto lo listas que son? Han encontrado un modo de hablar, de hacerse entender —había dicho mamá.

Se me hizo un nudo en el estómago al recordar cómo era papá antes. El modo en que escuchaba y miraba a mamá, y cómo nos contemplaba a todos mientras admirábamos los cisnes.

—Tienes razón, cariño —había dicho esa vez papá.

24

Por el modo en que la señorita Steadman leyó la nota que le acercó Jessica Stubbs mientras pasaba lista por la tarde, supe que me había metido en problemas. La señorita Steadman se me acercó durante la clase de matemáticas, cuando todo el mundo estaba tratando de hacer una división complicada y reinaba un silencio absoluto en el aula.

—La señorita Brooks quiere verte antes de que te vayas. Ya sabes de qué se trata.

La señorita Brooks apareció en el pasillo con una bolsa de residuos en la mano que parecía un globo negro deshinchado. Llevaba un nuevo par de gafas de sol y venía acompañada de otra profesora.

—Si ves al bedel, dile que necesito hablar con él inmediatamente —le dijo a la otra profesora.

La señorita Brooks entró en su oficina, abrió la ventana y dejó la bolsa. Resopló sonoramente, se dejó caer en la silla y entonces me dijo:

—Tenemos que hablar muy en serio tú y yo. La señorita Stedman me ha dicho que no estás participando en clase.

Sus nuevas gafas de sol tenían la montura blanca y los cristales negros.

—¿Puedes decirme por qué?

Hubo un largo silencio.

—Este asunto del silencio empieza a ser un problema. Lo sabes, ¿verdad?

Aguardó a que yo le contestara algo.

—¿Y qué hay de aquel perro? ¿Tiene algo que ver contigo?

Juntó los dedos y se recostó sobre el respaldo de la silla.

—Estoy dispuesta a llegar al fondo de este asunto. Ese perro ha estado en la escuela otra vez y ha dejado el patio hecho un asco. También ha destrozado los zapatos nuevos de Daisy Bouvier.

Con la cabeza, señaló la bolsa de residuos. Limpió los cristales de sus gafas de sol, suspiró y se tomó unos segundos antes de añadir:

—Creo que deberíamos tener una pequeña conversación con tu padre.

25

—Podéis ir a explorar la zona comunitaria con una condición —dijo la señora Cooper mientras me entregaba un despertador—. Cuando suene, tenéis que volver.

Yo asentí con la cabeza. Sam y yo teníamos un plan. Un rato antes, le había entregado unas tarjetas que decían: «perro», «grande» y «encontrar». Sam se había entusiasmado tanto, que corrió a preguntarle a su madre si podíamos salir solos al parque.

La señora Cooper le dio los habituales golpecitos en la palma de la mano para comunicarse con él, le acomodó la mochila azul en la espalda y nos puso más condiciones.

—No lo dejes nadar en la piscina, Cally —dijo.

Asentí otra vez. Sam no quería saber nada de nada. Se soltó de la mano de su madre y fue hacia la pared donde estaba colgado el calendario. Cada mes estaba escrito en Braille y en escritura normal. Los dedos de Sam se deslizaron de casilla en casilla y se detuvieron sobre una pegatina roja.

—Sam no puede nadar en agua fría o con cloro porque esto empeora su asma —dijo la señora Cooper poniendo los brazos en jarras. Miró a Sam atentamente, se acercó a él y le apartó del calendario la mano que estaba a punto de arrancar la pegatina.

»Se podría poner muy mal —insistió la señora Cooper—. Si queréis podéis remar un poco, pero no os adentréis demasiado en el lago.

Cogió a Sam y le pasó la mano por el pelo, añadiendo:

—Deja que Cally te lleve en tu sillita.

Sam resopló y sacudió la cabeza de un lado al otro, hasta que la señora Cooper le dijo que la sillita o nada.

La sillita de Sam era como un cochecito de bebé de tres ruedas negro con unos bolsillos andrajosos de color naranja que la señora Cooper había llenado de botellas y galletas, además del despertador y el inhalador de Sam. Cuando se subía a la sillita, a Sam le quedaban las rodillas a la altura del mentón y los codos atrapados en los costados. No era de extrañar que se negara a usarla.

Cruzamos la calle silenciosa y nos adentramos en la zona comunitaria. Íbamos cargados de cosas «por si acaso». La señora Cooper nos siguió con la mirada durante un buen rato, mordiéndose el pulgar.

Sam estiró los brazos y empezó a señalar a izquierda y derecha. Yo lo empujaba en la dirección hacia donde señalaba y él tocaba los helechos, los troncos caídos, la hierba crecida. De su boca salía un murmullo que cambiaba de acuerdo a si pisábamos un pozo o si subíamos o bajábamos por las colinas. A ratos, reía y reía y me hacía señas con las manos para que lo llevara más de prisa.

De pronto enderezó la espalda sobre el asiento y me hizo una señal con las dos manos para que me detuviera al mismo tiempo que levantaba una tarjeta que decía: «agua». Estábamos junto al arroyo y el puentecito en el que se había refugiado Luke el día que conocimos nuestra nueva casa. Sam se quitó los zapatos y los calcetines y se metió en el arroyo y caminó contra la corriente inclinando un poco el cuerpo para poder rozar con los dedos la superficie del agua. Parecía que hubiera nacido allí.

Lo esperé en la otra orilla. Al legar junto a mí, Sam me hizo sentar en la silla y puso las manos sobre mis hombros para sentir si le señalaba la izquierda o la derecha. Al principio no supe qué señalarle, pero mi olfato me condujo al sitio más alejado de la zona comunitaria, donde había visto a *Vagabundo*. Nos dirigimos hacia allí y, de pronto, frente a nosotros, apareció un portal iluminado por la luz verde que reflejaban los árboles y los arbustos.

En el herrumbroso portal había una inscripción en metal y letras en forma de espiral: «Lago de los Cisnes». La puerta estaba cerrada y la rodeaba una pesada cadena asegurada por un macizo candado.

Dejamos la sillita cerca de un arbusto y cogimos nuestras mochilas y todas nuestras pertenencias. Tuve que ayudar a Sam a realizar todo esto paso a paso. Encontramos un agujero y nos metimos por ahí, abriéndonos paso a través de un montón de ladrillos desmoronados cubiertos por una enredadera. Sobre nuestras cabezas se mecía una gran maraña de ramas. Al final llegamos a un claro donde había un pequeño edificio con una ventana tapiada y una puerta pintada de color verde completamente descascarillada, como sucede con la piel que pasa mucho tiempo bajo el sol. Se notaba que la puerta había sido roja. Junto a la casa había una escalera de ladrillo que bajaba hasta unos árboles que bordeaban el silencioso lago.

Sam se acercó a una pared para tocarla. Lo llevé hasta la puerta que estaba abierta. Ese lugar parecía haber sido la taquilla del antiguo tren en miniatura del que me había hablado papá. En el interior, había un mostrador bastante ancho y una escoba con el mango roto apoyada en la pared. En la pequeña cocina de acampada se amontonaban algunos platos, una sartén y un tazón de esos que se usan para poner la comida de los perros. Una pila de carbón se levantaba al lado de unas mochilas puestas sobre el suelo. En lo alto de la pila de carbón había un rotulador y un cartel que decía: «Vagabundo». En un rincón alguien había dispuesto un montón de periódicos cubiertos por una manta que hacían de colchón. En el suelo, había una piel de serpiente ajada y seca, con escamas transparentes rebordeadas de blanco y dos agujeros negros en el lugar donde antes estaban los ojos. Puse la piel de serpiente sobre las manos de Sam. Al principio él se asustó, pero en seguida pareció relajarse.

Busqué las tarjetas que decían «perro» y «grande» y, a falta de otra tarjeta que expresara mejor lo que quería decir, una que ponía «ido». Después, le mostré también a Sam las que decían «vagabundo» y «amigo», puesto que supuse que habíamos encontrado la casa de Jed y de *Vagabundo*. De todos modos, todo esto no resolvía el misterio de por qué mi madre había llevado a *Vagabundo* a la escuela ni por qué yo la había visto hacía unos días con Jed en la ciudad.

Sam quería ir al lago. Sabía que estaba cerca, aunque no pudiera oírlo ni tocarlo. Lo bajé hasta la orilla. Cuando llegamos junto al agua, Sam dio un fuerte grito y su voz rebotó en las orillas y regresó a nosotros, creando un efecto parecido a cuando entras en un túnel y haces eco.

Mamá estaba en el lugar más aislado del lago. Llevaba su chubasquero rojo. Mi corazón me indicó que ella podía oírme a través del agua. «¿*Vagabundo* está contigo?», le pregunté. «¿Lo has visto?» Ella sonrió y dijo: «Sí, lo he visto, y un día él te encontrará a ti».

Sam cerró los ojos. Creo que también él escuchaba su corazón. Las hojas de los árboles se mecían y al hacerlo parecían pedirnos que respetáramos el silencio de aquel sitio olvidado. Me hubiera gustado contarle a Sam todo lo que sabía sobre el mendigo. También que había visto a mi madre y que *Vagabundo* era amigo de los dos. Pero no había entre sus tarjetas palabras adecuadas para ello ni tampoco esas palabras cortas que se usan para relacionar otras más largas.

El despertador de la señora Cooper sonó justo en ese momento y Sam dio un respingo. Teníamos que regresar y no nos quedaba tiempo para seguir explorando.

La señora Cooper abrazó a Sam como si no lo hubiera visto en cien años. Eso me hizo pensar que quizá era la primera vez que salía de casa sin ella. Avergonzado, se limpió las partes de la cara donde su madre lo había besado. Sam parecía distinto. Yo también me sentía distinta, como si hubiéramos iniciado un viaje, una aventura o algo por el estilo, y al hacerlo juntos, nos hubiéramos vuelto más fuertes.

26

Al día siguiente papá salió con unos compañeros del trabajo a tomar unas cervezas y le pidió a la señora Cooper que me echara un vistazo de vez en cuando. A Luke le ordenó que me mandara a la cama en cuanto terminara de ver su DVD.

Sam y yo nos sentamos afuera para mirar el cielo. Sam no podía verlo, pero igualmente me pregunté si se daría cuenta de lo lejos que estaban algunas cosas. Es decir, era posible que en su oscuridad lo supiera todo sobre el infinito.

Sobre el cielo negro parpadeaba la más brillante de las estrellas. «¿Estás ahí? —susurré en mi mente—. ¿Puedes verme?»

A nuestro alrededor se movían unas sombras oscuras y largas, como si las hubieran estirado. De pronto, se me aceleró el corazón y me faltó la respiración: de entre las sombras apareció *Vagabundo*, moviéndose torpemente. Detrás de él venían dos figuras más: Jed y mamá. Le di un golpecito a Sam.

Los tres se quedaron de pie junto a nosotros. Me era imposible saber a ciencia cierta si Jed sabía de mamá, es decir, si sabía que estaba allí con él. Mamá buscó algo en sus bolsillos. Me pareció que sus labios se movían. Me pareció también que le decía algo a Jed, aunque él no la miró. De pronto, mamá desapareció como desaparecen las llamas de las velas de cumpleaños cuando las soplan.

Jed y *Vagabundo* se nos acercaron. Sam se deslizó por la pared y Jed le permitió que le acariciara la cara. Sam hizo un gesto con las manos, como el que hace la gente cuando lanza cosas hacia arriba. A Jed se le iluminaron los ojos y le entró la risa.

—Hola —dijo la señora Cooper, que acababa de salir con dos tazas de chocolate en la mano—. Yo te conozco. Te veo a menudo en la ciudad. Trataste de enseñarnos malabares a Sam y a mí en un par de ocasiones.

Jed frunció los ojos. Estaba sonriendo.

—Hola —respondió bajito.

La señora Cooper dejó las tazas y cogió la mano de Sam. Le dijo algo mediante los golpecitos y Sam asintió con la cabeza como un loco. Él ya sabía quién era Jed.

La señora Cooper miró a *Vagabundo*. Estaba echado de espaldas con la barriga al aire, la legua rosada fuera y las orejas posadas tranquilamente sobre el suelo.

—¿Es tuyo este perro? —le preguntó la señora Cooper a Jed—. Ha estado merodeando por aquí. Creíamos que se había perdido.

—Yo soy su cuidador —dijo Jed con una sonrisa—. A veces tengo que dejarlo suelto un rato.

—¿Podemos ayudarte en algo? ¿Necesitas comida o mantas? ¿Tienes problemas? ¿Quieres que llame al ayuntamiento?

Jed negó con la cabeza mientras rascaba a *Vagabundo*.

—Sólo tengo hambre —dijo.

La señora Cooper entró en la casa y volvió a salir con una taza de té y una porción de pastel de fruta. Sacó de una lata un poco de cecina y se la dio a *Vagabundo*. Volvió a preguntarle a Jed si no necesitaba nada más. Jed me dedicó una mirada cálida y amistosa, volvió a negar con la cabeza y susuró:

—Creo que no.

Nos sentamos sobre una manta con las espaldas recostadas contra la pared y vimos cómo se hacía de noche. La señora Cooper le hablaba a Jed de la cantidad de lluvia que había caído desde el comienzo del verano. Sam y yo nos bebimos el chocolate en silencio. El vapor de las tazas se elevaba y desaparecía en el aire.

Entones Sam dijo algo. Fue lo más claro que le haya oído decir:

—¿De quién es este perro?

—Es el perro de Jed, Sam —le dijo la señora Cooper dándole unos golpecitos en la mano.

Sam sacudió la cabeza. Jed hizo exactamente lo mismo.

—¿De quién es? —preguntó, más fuerte, tirando de la manga de Jed.

Todas las estrellas del cielo parecían haber ido a parar a los ojos de Jed. Inmediatamente supe que Jed iba a decir algo bello. La señora Cooper cogió la mano de Sam para deletrearle.

—Si lo prefieres, puedes pensar que yo soy sólo el guardián de este perro. El que lo cuida en este momento —dijo Jed—. Pero, en realidad, te pertenece a ti.

27

Al día siguiente papá vino a buscarme a la salida de la escuela. La señorita Steadman y la señorita Brooks querían hablar con él, y yo tuve que esperarlo fuera de la clase. La señorita entraba y salía constantemente para asegurarse de que no me movía de donde estaba. En una de ésas me dio un crucigrama, sonrió y volvió a cerrar la puerta. No pude resolverlo.

Papá tardó siglos en salir. Cuando terminó la entrevista no fuimos directamente a casa porque teníamos otra cita.

El doctor empujó mi lengua hacia atrás con la ayuda de la espátula . Luego me hizo levantar la cabeza y me tomó la temperatura. Después de examinarme, le dijo a papá que yo estaba perfectamente bien y que lo mejor sería que hablara con mis profesores.

—Voy a escribir un informe sobre Cally y luego os voy a poner en contacto con una especialista.

La especialista se llamaba doctora Colborn y era una psicóloga o algo así.

Cuando salimos, papá parecía todavía más preocupado que antes. A mí, pensar en la doctora Colborn empezaba a producirme terror. Temía que me obligara a contarle que veía a mi madre muerta para luego decirme que aquello no era verdad y obligarme a repetirlo en voz alta. Y si eso llegaba a suceder, tal vez mi madre se iría para siempre y nunca más volvería a ver a *Vagabundo*. Ya empezaba a odiar a la doctora Colborn.

Antes de ir a casa pasamos por el lugar de trabajo de mi padre. Tenía que ponerse al día sobre los temas de los que se había hablado en una reunión. El autobús nos dejó en la puerta. Fuera esperaban cinco hombres, con la parte superior de sus monos de trabajo sueltos a la altura de la cintura. Cuando pasó papá, apenas levantaron la cabeza.

—¿Qué? ¿Cómo ha ido? —preguntó papá.

—Has llegado tarde —dijo uno de ellos—. Estamos en la calle. Todos.

Papá me dijo que lo esperara fuera. Cerró la puerta de un golpe y empezó a gritar. La lluvia golpeaba el techo de chapa y sonaba como si hubiera estallado una guerra. Me tapé los oídos, pero fue inútil. En mi interior también había ruidos de todo tipo.

Cuando llegamos a casa, Luke quiso hablar con papá. Le temblaba la voz y tenía los ojos húmedos y vidriosos.

—Papá, han venido un par de tipos de tu trabajo —dijo Luke—. Los acompañaban otros dos tipos de tu trabajo. Han dicho que tenían que hablar contigo. ¿Ha pasado algo?

Papá se tapó la cara con las manos. Estuvo unos instantes en silencio, frotándose el rostro con las manos.

—Los han despedido a todos —dijo.

—¿Eso significa que también te han despedido a ti? —pregunto Luke con un hilito de voz—. ¿Tendremos que mudarnos otra vez?

—No es eso...

Papá se levantó de la silla de golpe, rodeó con el brazo el cuello de Luke y lo atrajo hacia él.

—Todo va bien. No me han despedido. Es que les había prometido que cuidaría de ellos.

28

Papá estaba en la cocina tomando una taza de café y poniendo un sello en un sobre blanco. Dijo que tenía que salir para hablar con unas personas. Su voz sonaba muy fría. Parecía más preocupado que nunca.

—Hay algo de dinero sobre la mesa. Luke, compra en la tienda lo que necesitéis. La señora Cooper ha dicho que podíais pasar el día con ella.

Y luego añadió algo por lo bajo, algo como que estaba seguro de que con el afecto que la señora Cooper tenía a los desamparados y los huérfanos, no le iba a molestar tener unas personas más en casa.

—Hoy viene mi amiga Rachel —dijo Luke.

Cuando se fue papá, Luke salió a la puerta principal a esperar a Rachel y yo bajé al primer piso. Hice sonar el tambor de la puerta dos veces y la señora Cooper me abrió en seguida. La bolsa azul de Sam estaba en el suelo, como siempre. Miré dentro. A la vista estaba el equipo de natación de Sam: un bañador, una toalla y unas gafas. Esto me hizo pensar que Sam era de esas personas que nunca se daban por vencidas.

Unos ruidos nos alertaron de que había llegado Rachel. Sam y yo nos sentamos detrás de la puerta de la entrada para sentir la vibración de la madera, el golpeteo rítmico, constante y fuerte de la puerta al abrirse, como un bálsamo sobre la piel. Parecía que hubiese llegado alguien importante. Ya sabéis: como cuando suenan los primeros compases antes de que comience el espectáculo.

Detrás de la puerta apareció la misma chica que jugaba con las ramas del árbol en el parque.

—Ésta es mi hermana —dijo Luke. Parecía avergonzado, como si Sam y yo fuésemos dos trastos que había que esquivar—. Cally no habla. Sabe hablar, pero no quiere hacerlo. Y ése es Sam. Creo que tampoco habla.

—Me gusta tu tambor —dijo Rachel.

Luke sacudió la cabeza.

—Creo que tampoco oye —murmuró.

Rachel dio unos pasos al frente con aire despreocupado.

—¿Queréis que nos hagamos dibujos en la cara?

Estaba claro por qué a Luke le gustaba Rachel. Sin embargo, no podía entender qué veía ella en él.

La señora Cooper nos trajo comida y galletas y

nosotros nos sentamos en el suelo para pintarnos la cara (todos excepto Luke, por supuesto). Sam se pintó de azul y parecía un extraterrestre. Mi cara era el sol, con rayos que se prolongaban hacia el cuello y las orejas. Rachel se dibujó flores en la frente y se sopló los dedos que había pintado de verde como si fueran hierba y los hizo danzar sobre su cara. Por la forma en que se movía, Rachel parecía estar hecha de música.

—Ahora está lloviendo. ¿A quién le gustaría cocinar algo? —dijo la señora Cooper.

Luke puso los ojos en blanco. Pero cuando Rachel le sonrió por encima del hombro, cambió de parecer.

Cogí una de las cajas de nuestro trastero. Había un robot de cocina, una cosa que vibraba y una máquina para cortar. Había también un juego de cacharros de plástico rojo y cucharones que papá le había regalado a mamá por su cumpleaños. Estaban metidos unos dentro de otros, como muñecas rusas. Se me ocurrió que podía tomarlos prestados.

Sam y yo hicimos tartas, aunque Sam parecía más interesado en esconderse debajo de la mesa para lamer el fondo del molde que en otra cosa. Luke y Rachel hicieron pizzas. Mientras todos trabajábamos, la señora Cooper se tumbó en un sillón a leer. Rachel jugaba a que éramos los cocineros de un restaurante y nos traía pedidos con doble de chocolate y extra de queso.

Después, la señora Cooper fregó los trastos y limpió nuestro desastre acompañada por el zumbido de una radio.

Mientras tanto yo escribí una nota y la puse sobre la caja: «Regalo para la señora Cooper».

—Te lo agradezco, cariño. Esta máquina me va a ahorrar el trabajo de tener que cortar y batir —dijo, mientras secaba un bol—. Pero creo que algunas cosas tenemos que consultarlas con tu padre.

Vaya, ¿por qué habríamos de hacer tal cosa?

Guardó las máquinas limpias en la caja sin dejar de mirarme. Antes de cerrar la tapa se inclinó sobre el mármol de la cocina y escribió una nota que decía: «¿Estas cosas eran de tu madre?». Yo asentí. Seguramente se lo había contado papá. La señora Cooper dejó suspendida la punta de la pluma en el punto del signo de interrogación. Estaba pensando en algo; se le notaba por la forma de las cejas. Seguramente pensaba que yo deseaba hablar de mi mamá. Entonces escribió: «¿La echas de menos?». No parecía muy segura de que lo que había escrito fuera adecuado. Pero estaba bien. Negué con la cabeza. No la echaba de menos del mismo modo que antes porque ahora la veía. Pero entonces me di cuenta de que eso era todo lo que podía hacer con ella: podía verla y nada más. No era exactamente lo mismo que estar con ella. Verla era como tener una fotografía. Eso me hizo pensar en *Vagabundo*. Lo que más me gustaba de *Vagabundo* era que siempre se quedaba junto a mí y que olía como el peluche más viejo, ese que nadie se atreve a lavar. También me gustaba que me dejara estrujar el pelo tibio de su espalda entre mis dedos.

La señora Cooper me dio un achuchón.

—No me imagino a tu padre cocinando bollos y tartitas.

Sonrió y volvió a escribir. «Si dice que sí, desde luego que las aceptaré.»

—¡La comida está lista! —gritó.

Hicimos un picnic en el suelo. Después, Rachel y Luke se fueron a jugar a las carreras en el ordenador contra ese tal Sting y la señora Cooper salió a tender la ropa.

Sam daba golpes con las manos sobre el parquet, tratando de imitar los ruidos de Rachel en el ordenador. Le silbaba la respiración. Luego, de repente, todo quedó en silencio. Sam se tumbó en el suelo. Tenía la cara y los labios azules.

—Busca a mamá —susurró.

Salí corriendo en busca de la señora Cooper. Estaba envuelta en sábanas, como si fuera un fantasma.

—Hola, cielo —me dijo, mirando mi cara amarilla sin prestarme atención mientras forcejeaba contra las sábanas flameantes.

El aire tiró las sábanas. Entonces la señora Cooper entendió lo que estaba pasando y corrió al interior del piso antes de que yo pudiera cogerle de la manga.

29

La señora Cooper le dio a Sam su inhalador y lo meció sobre su regazo.

—Se supone que tenemos que esperar hasta que su piel recupere el color rosado —dijo, tratando de sonreír—. Ay, Sam —susurró entonces—. ¿Qué está pasando? Últimamente te da cada vez más a menudo.

Cuando vio que Sam empezaba a mejorar su aspecto, lo arrellanó sobre unos almohadones bajo la ventana y dijo:

—Hagamos algo juntos, en silencio.

Sam tenía el calendario en la mano y murmuraba para sí. Puso un dedo sobre la fecha en la que estábamos y a continuación fue deslizándolo de casilla en casilla. Supuse que estaba leyendo o simplemente contando los días. Se detuvo cuando llegó a la casilla con la pegatina roja.

Cogí la mano blanca y huesuda de Sam. Sus venas eran como hilillos azules y debajo de las uñas tenía restos de chocolate. Le toqué los dedos, tratando de imitar a la señora Cooper. Sam sonrió.

Así estuvimos durante cuatro horas. La señora Cooper me mostró unas láminas con dibujos de manos que enseñaban cómo comunicarse. Le parecía buena idea que Sam y yo pudiéramos tener una conversación.

Aprender el alfabeto de sordos y ciegos me tomó siglos. Aunque en principio no era demasiado complicado, me exigía mirar las láminas a cada momento. Para escribir mi nombre había que deslizarse desde el pulgar hasta el índice, tocar el pulgar, tocar el centro de la palma dos veces (para marcar la doble L) y tocar el pliegue debajo del pulgar. El nombre de Sam era más fácil porque tenía tres letras. Había que encoger el dedo meñique (dándole forma de gancho), tocar el pulgar y apoyar tres dedos en la palma. Sam me lo mostró en la mano. Al principio, para conservar las letras en la memoria tuve que apuntármelas en un papel. Sam tenía mucha paciencia. Cuesta explicar lo que se siente cuando alguien te toca la mano tratando de formular letras. Es como sentir y escuchar a la vez.

Sam me hizo una pregunta.

—¿Por qué no hablas?

Yo a duras penas había oído su voz alguna vez. Y él

nunca había oído la mía. Esta nueva forma de comunicarnos era como volver a conocerse o tal vez como reencontrarse con un viejo amigo.

No sabía qué contestarle. Al final le expliqué con un lento tamborileo: «Porque no quiero». Pero Sam no se dio por satisfecho.

«Yo no quiero ser sordomudo», dijo.

«Pero tú puedes oír algunas cosas», contesté yo.

Sam sonrió.

«Una vez oí un ratón.»

No supe si Sam lo decía en serio o si lo había imaginado. Parecía tratar de recordar qué sintió ese día al oírlo. Abrió la palma como si un ratón tembloroso estuviera posado sobre ella. Por supuesto que no estaba ahí, pero sí tal vez en su mente o en su corazón. Sam bajó la mano hasta el suelo y lo dejó ir. El ratón imaginario salió corriendo y se escondió.

«¿Cómo sonaba?», pregunté.

«Como un trocito de miedo», contestó.

Me imaginé al ratón temblando, con el corazón latiéndole cada vez más fuerte, y el modo en que lo había oído Sam. Pero su sentido del oído era misterioso y estaba enterrado en algún lugar muy profundo de su ser.

«Su corazón latía a quinientos latidos por minuto», dijo.

Sentí el agitado horror de su frágil vida.

«Escucha», dijo.

Pegó la oreja a la puerta y yo pegué la mía. Oí el roce de mi cabello, y luego, el silencio de la pared muda. Sentí el pequeño golpeteo ansioso del corazón del ratón.

Sam formuló otras palabras:

«¿Puedes sentir también lo valiente que es?»

Tuve la sensación de que Sam no estaba hablando sólo del ratón.

30

Sam tuvo que descansar unos días y eso me dio tiempo para practicar el alfabeto de sordos y ciegos. Durante todo ese tiempo llovió a cántaros, pero el día que me reencontré con Sam, el cielo estaba claro y las gotas de la lluvia reciente brillaban sobre la hierba.

Practiqué un poco el alfabeto en la mano de la señora Cooper.

«¿Podemos ir al parque?», le pregunté.

«Vaya, aprendes rápido. Eres lista —dijo la señora Cooper—. Podéis ir, pero sólo un rato.»

Nos obligó a llevar el inhalador, el despertador y un par de chubasqueros. Nosotros cogimos unos aperitivos y unas bebidas, y yo me llevé la hoja con el alfabeto impreso para poder comunicarme con Sam.

Llevé a Sam hacia la puerta de entrada, cruzamos la zona cubierta de hierba, subimos y bajamos unas leves pendientes y, después de adentrarnos entre unos arbustos, trepamos por el montón de ladrillos apilados y llegamos al Lago de los Cisnes.

«¿Qué hay allí?», preguntaron los dedos de Sam.

Le fui explicando lentamente lo que veía. Le conté todo lo que me había contado papá, como si nada hubiera cambiado y la gente todavía se paseara alrededor del lago y los niños se entretuvieran jugando con sus botes sujetados con cuerdas o saltando, eludiendo las miradas de los adultos a la parte trasera del pequeño tren que pasaba silbando entre los arbustos.

«¿Qué más?», preguntó Sam.

Con dos dedos toqué ambos extremos de su índice, luego su dedo anular y al fin apoyé mi puño en la palma de su mano. Acababa de deletrear la palabra «perro». Cerca de donde estábamos, crujieron las agujas de pino que cubrían el suelo y, de pronto, junto al lago negro y silencioso, apareció *Vagabundo*. Llevaba la cabeza gacha y tenía el hocico herido, mugriento, cubierto de sangre seca. Entonces me di cuenta de que la puerta de la antigua taquilla de tren estaba astillada y que alguien había escrito sobre ella unos insultos. Dentro, la cama de periódicos de Jed estaba hecha cenizas y sus sábanas, carbonizadas. Tuve miedo de que alguien hubiera herido a Jed y que *Vagabundo* anduviera perdido por ahí.

Me acerqué a *Vagabundo*, le pasé la mano por el

lomo y lo acaricié. Luego le lavé la cara con agua del lago y le di un beso. Le expliqué a Sam que *Vagabundo* estaba herido y le pedí que me esperase en la orilla mientras yo lo bañaba dentro del lago. Sam quiso entrar con nosotros, pero yo le recordé que le había prometido a su mamá que cuidaría de él. Me metí en el lago con *Vagabundo*. Una vez dentro, él se puso a nadar como si el agua le curase las heridas. Cuando salimos, Sam y yo lo abrazamos de corazón, lo acostamos sobre nuestro regazo y lo cubrimos con una manta de helechos.

Al acariciar a *Vagabundo* sentí el calor de su piel húmeda. Nuestro amigo agitaba la cola contento, dando golpecitos a los helechos. Cogí la mano de Sam y le conté todo lo que había visto. O casi todo.

Mi madre estaba sentada a lo lejos, en un banco de arcilla. ¡No sabéis cuán real se veía y cómo brillaba! Giró la cabeza hacia mí y me miró. «Mamá —dije interiormente—. Tengo que llevarme a *Vagabundo* a casa.»

A mamá le brillaron los ojos.

No sé por qué no me acerqué a ella o estiré la mano para tocarla. Lo único que pude hacer fue abrazarme a *Vagabundo* y aferrarlo con fuerza. «¿Sabes una cosa, mamá? Este perro me recuerda a ti», dije de todo corazón.

Su risa cálida quedó flotando en la brisa. En ese momento una garza levantó el vuelo desde una de las retorcidas raíces que se hundían en el agua del lago, planeó sobre los árboles y desapareció.

Sam me cogió la mano y empezó a hablarme sin parar.

«Tienes que encontrar el modo de quedarte con él», dijo.

Mamá le regaló a Sam una sonrisa radiante. Si Sam hubiera podido ver, habría notado que mamá y él estaban cara a cara.

Pero teníamos que irnos. *Vagabundo* se echó sobre el suelo cerca de la taquilla y apoyó la cabeza sobre las patas. Se quedó quieto y sin mover la cola mientras nos alejábamos. Quería prometerle que encontraría el modo de llevarlo conmigo, pero ni yo era capaz de creerme mis propias palabras.

Mientras caminábamos hacia casa, Sam me cogió de la mano. Sentí que me leía el corazón y que me guiaba. Sam es el mejor amigo que se puede tener. Es como un ángel. Un ángel sordo y ciego de otro mundo.

«Yo te ayudaré —me dijo—. Pero tendrás que contármelo todo.»

31

Llevé a Sam al trastero.

«¿Qué es esto?», preguntó Sam tocando la guitarra de papá, que estaba guardada en una funda de lona.

«Papá ya no la usa —le expliqué—. Dice que está rota.»

Sam abrió la cremallera de la funda, acercó a la guitarra la oreja izquierda y pasó los dedos por las cuerdas. Descubrimos qué era lo que no funcionaba: en el fondo de la bolsa estaba la púa de la guitarra, partida en dos como un corazón roto.

Junto a la fotografía de *Vagabundo* que tenía colgada en el trastero, puse una foto mía de cuando era un bebé. Mamá me sostenía en brazos y me miraba sonriente y llena de amor.

Y luego hablé con Sam.

Había algunas cosas de las que Sam no había oído

nunca hablar. Era como un ángel de otro mundo con un corazón y un entendimiento secretos y brillantes.

«¿Qué crees que hay más allá?», le preguntaron mis dedos.

«La lavadora.»

«No. Más allá, en el espacio.»

Sam frunció el ceño.

«¿Quieres decir en el cielo?»

«Tal vez.»

«Debes tener tu propia respuesta, o no me hubieras consultado.»

Me gustaron las palabras de Sam. Mostraban claramente lo listo que era.

Cerró los ojos y estiró los brazos. Cuando encontró mi cara, puso las manos sobre mis ojos. Nos quedamos oyendo ruidos lejanos: pisadas lejanas, aves lejanas, coches lejanos, espacio lejano. Nuestras bocas permanecían mudas.

«A veces me pregunto si las estrellas no serán personas», dije.

«¿Qué clase de personas?»

«Las personas que antes estaban en la Tierra.»

Si era cierto lo que decía la gente, que existía un paraíso sobre nuestras cabezas, entonces era posible que las estrellas fueran las personas que habían partido. Tal vez los fantasmas fueran estrellas que bajaban a visitarnos.

«¿Cómo son las estrellas?», preguntó Sam.

«Si no hubiera estrellas, el cielo sería completamente negro», le contesté.

Es probable que así viera el mundo Sam: como un cielo negro sin luna, sin estrellas, sin luces ni linternas.

«Tampoco hay ruido allí —dije—. No hay nada excepto estrellas, que te hacen sentir menos solo.»

«¿Tú eres una estrella?», preguntó Sam.

«No. Yo no soy una estrella.»

«¿Quién lo es, entonces?»

Ya no había vuelta atrás.

«Mi madre —dije—. Murió el año pasado.»

Sam se quedó callado y quieto durante unos minutos.

«¿Por qué se fue tan lejos?», preguntó.

Por alguna razón (quizá por el modo en que Sam movía sus dedos sobre mi mano) sentía a mi madre muy cerca, tal vez en ese mismo trastero, a mi lado.

«No estoy tan segura de que se haya ido», dije.

Sam no dijo nada. Se apoyó sobre los codos y se rió.

«¿De qué te ríes?»

De pronto se me habían pasado las ganas de contarle a Sam mis cosas. Me daba miedo que se riera de mí y me dijera que nada de lo que le estaba diciendo era verdad. Me sentí estúpida por confiar en él. Puede que fuera ciego y sordo, pero en el fondo era como todo el mundo, me dije. Le solté la mano.

Sam se pasó la mano por la cara, como si tratara de borrar su sonrisa.

«Vale, no me reiré. ¿Qué te pasa?», me preguntó apretándome la mano con mucha firmeza.

«Eres como todos los demás —dije—. No me creen cuando les digo que puedo verla.»

Sam se cruzó de piernas y agachó la cabeza. Yo me senté dándole la espalda. Era una estupidez contarle cosas a Sam. ¿Cómo podía creer en lo que no veía?

Cuando me di la vuelta, sobre la cara del color de la luna de Sam había una enorme sonrisa.

«¿La ve alguien más?»

Entonces supe lo que tenía que decir.

«Creo que Jed también ve a mi madre», dije.

32

Sobre mi cama encontré la vieja grabadora de casetes plateada que usaba papá cuando era joven. Encima había una notita pegada que decía «enciéndeme».

«Te habla papá... éste es un mensaje para Cally —decía la voz de papá. Luego, se oía un suspiro y el roce de unas manos sobre el papel—. En esta grabadora puedes decir todo lo que quieras. Si te apetece, puedes dejar que los demás oigan lo que has grabado. Pero si no quieres grabar nada ni deseas que nadie te escuche, no pasa nada. —Se quedó en silencio unos instantes—. Eso es todo por ahora. Cambio y corto.»

Puse la grabadora cerca de mis oídos y la encendí otra vez. El mismo mensaje y las mismas palabras.

Entró papá.

—Se enfría tu hamburguesa —dijo.

Puso mi plato sobre la cama.

—¿Has oído el mensaje? —preguntó papá cogiendo la grabadora.

Volvió a poner la grabadora en marcha. Un crujido suave le hizo saber que su mensaje no tenía respuesta. Le dio un golpecito al aparato, lo rebobinó y suspiró.

—Fue idea de la doctora Colborn —dijo, sin soltar la grabadora—. Me escribió una carta. ¿Qué sabía ella? Lo único que iba a conseguir era empeorar las cosas.

Fijé mi mirada en los cristales humedecidos de la ventana. Me pregunté qué diría papá si supiera que Jed también veía a mi madre. ¿Le creería? ¿Sería capaz de entender por qué *Vagabundo* tenía que estar con nosotros?

—Hooola —dijo papá, pegando la boca a la grabadora— ¿Hay alguien ahí?

Volvió a encenderla y se puso a hablarle a la grabadora:

—Hola, sí, soy el papá de Cally. En este momento estoy sentado sobre su cama que, por cierto, todavía no está hecha aunque ya es la hora de la merienda.

Suspiró y siguió grabando.

—Cally no quiere decirme de qué color prefiere pintar su cuarto, de modo que tendré que adivinarlo. No pareció hacerle mucha ilusión el color rosa. —Se tumbó sobre la cama, sonriendo—. Probaré con el marrón o el gris.

Levantó la cabeza. Yo lo miraba de brazos cruzados y con el ceño fruncido.

—Tal vez no —dijo tumbándose otra vez.

Se sentó, arrastró hacia él una de las cajas y levantó la tapa.

—Además, Cally todavía no ha sacado de las cajas ni una sola de sus cosas y toda su ropa está tirada en el suelo.

Empezó a sacar cosas de la caja.

—A ver qué tenemos aquí... libros.

Los apoyó sobre la cama.

—Tienes que deshacerte de algunos libros. Muchos son de cuando eras un bebé y ya no los lees.

Sacó más cosas.

—Zapatos apestosos.

Siguió.

—Bolsas llenas de cachivaches que seguro que van a perderse entre los almohadones del sofá, collares, tejanos viejos, rotuladores gastados.

Vació sobre mi cama todo el contenido de la caja.

—Vamos, Cally, ya es hora de que revises todo esto y tires las cosas viejas. Se suponía que lo ibas a hacer antes de la mudanza. Hace varias semanas que estamos aquí y aquí nos quedaremos, como ya sabes. No puedes vivir para siempre rodeada de estas cajas.

Volvió a suspirar.

—¿Qué voy a hacer contigo, cariño?

¿No se lo había dicho ya unas mil veces? Lo que

tenía que hacer era recordar que mamá había existido. Recordar las cosas que ella solía hacer y dejar que siguiera con nosotros mediante las palabras.

Papá encontró un dibujo que asomaba por debajo de la cama. Era aquel en el que mamá y yo nos habíamos dibujado la una a la otra. Dejó la grabadora funcionando.

—¿Sabes qué hubiera dicho tu mamá ahora mismo? —La pregunta le salió del corazón—. Toca algo o canta una canción, pero no sigas protestando, por el amor de Dios.

Esto era lo que solía decir mamá cuando papá rezongaba o discutía o no paraba de hablar del trabajo y otras cosas igual de aburridas. Aún podía oírla. Después mamá ponía los ojos en blanco y le hacía muecas a papá y terminaba dándole un abrazo. A veces papá le hacía caso. Es decir, solía hacerle caso. Cogía la guitarra y cantaba una canción o tocaba alguna melodía. Y a veces mamá cantaba con él.

Papá sonrió suavemente mirándome a los ojos.

—Es lo que hubiera dicho —dijo.

Nos quedamos mirando el dibujo, como si pudiéramos ver la mano de mamá sosteniendo el lápiz.

Por un minuto fue como si realmente la recordara, como si el invierno hubiera llegado a su fin.

—Me gustaría que tu madre estuviera aquí —dijo—. Ella hubiera sabido qué hacer contigo.

33

Llovió a cántaros durante días y el agua llenó las alcantarillas y formó enormes charcos y lagunas en la carretera y en la zona comunitaria. La señora Cooper se negó terminantemente a que saliéramos al parque bajo el temporal. Sam y yo queríamos ir al lago y buscar a *Vagabundo* y a Jed para preguntarle sobre mamá.

—No había visto nunca llover de este modo —dijo la señora Cooper—. Al menos no durante esta época del año. Si sigue así, el río se va a desbordar. Además, Sam no puede salir porque hoy tiene cita con el médico.

Nos sentamos bajo la ventana y nos cogimos de las manos.

«¿Qué es un fantasma?», preguntó Sam.

«Una persona muerta que regresa a la Tierra», le contesté.

«¿Se pueden tocar? ¿Se pueden oler?»

«No, sólo los puedes ver. Pero a veces también los puedes oír, como...»

Iba a decir como en la televisión, pero me di cuenta de que Sam no iba a saber de qué le estaba hablando. De hecho, en la casa de los Cooper ni siquiera había tele.

«¿Sabes qué es un teléfono?», pregunté.

Sam sonrió y se llevó una mano a la oreja, simulando una conversación. Me explicó que podía detectar el timbre del teléfono. En su casa tenían un teléfono con números muy grandes que sonaba como si fuera una campana y vibraba para que Sam pudiera oírlo. Me dijo que a veces su madre le pasaba mensajes de la gente que llamaba.

«Pues es algo parecido», le dije.

Cuando Sam trata de entender o acordarse de algo nuevo, agacha la cabeza y el flequillo le cuelga hacia adelante. Se queda en esta posición inmóvil durante un rato. Sólo su huesudo pecho se mueve al compás de su respiración acelerada.

«Como un mensaje», dijo.

Se echó para atrás.

«¿Puedes llamar por teléfono a los fantasmas?»

A veces me preguntaba de dónde había salido Sam. No era como la gente normal. Él pensaba diferente. Quizá fuera porque no podía ver o porque no podía oír, pero lo cierto es que nunca dejaba de sorprenderme, en el buen sentido. Quiero decir que era un ser mágico y que con él no me sentía ni rara ni loca ni tonta.

Mientras hablaba con Sam, esperaba que mi madre se apareciera ante mí y eso me hizo recordar el día en que murió. Luke y yo estábamos en casa después del colegio esperando a que nos preparara la merienda. La casa todavía olía a las tortitas que mamá había preparado esa mañana para celebrar el cumpleaños de papá. La tarta estaba sobre la mesa, pero mamá no la había decorado ni la había congelado. Pensé que se había olvidado de comprar algo y que por eso había cogido el coche. Cuando regresaba a casa tuvo un accidente.

Sam pegó la oreja a la ventana. Sus dedos recorrieron los marcos de madera como si buscaran algo. Encontró una mariposa diminuta que estaba saliendo de un delgado capullo. Tenía las alas rojas con manchas negras y una tira roja le cruzaba el cuerpo. Sam le dio un ligero golpecito y la posó sobre su dedo. Después hizo una pequeña jaula con los dedos de la mano y me la pasó a mí. Cuando la tuve entre mis manos, la mariposa batió sus alas de color rojo intenso.

«Llama a tu madre», dijo Sam haciendo con la mano como si hablara por teléfono.

Pensé en mamá con todas mis fuerzas y cerré los

ojos. La mariposa se movía entre mis manos. Aún con los ojos cerrados, podía ver el rojo brillante de sus alas que se estiraban y estiraban hasta transformarse en otra cosa: un chubasquero rojo.

Allí estaba ella. Justo dentro de mí.

«Mamá —dije—. ¿Verdad que Sam es un ser mágico?»

«Sí que lo es —dijo—, igual que tú.»

«¿Eres un fantasma?», le pregunté para mis adentros.

«Creo que no. Los fantasmas son aterradores y siniestros, ¿no te parece?»

«Supongo que sí. Pero es que he dicho a los demás que... pues eso, que eres un fantasma. De todos modos no importa, porque nadie me cree. Entonces ¿eres un ángel o una estrella?»

Se rió.

«¿Yo? ¿Un ángel? ¿Una estrella? Soy tu madre, Cally.»

«Ya lo sé, pero...»

De pronto mamá se puso seria.

«Ahora quiero que me prestes mucha atención.»

Aunque estaba un poco borrosa, su presencia brillaba como nunca. Parecía que la siguiera un foco de escenario.

«¿Recuerdas el dibujo del sistema solar que vimos en la catedral de Wells?»

«Hace poco me acordé de eso.»

«La Tierra estaba situada en el centro y el sol giraba alrededor de ella y yo te dije que...»

«Que a veces la gente entiende las cosas al revés de como son en realidad. Me acuerdo bien», la interrumpí.

Sonrió.

«Exactamente.»

«Pero no entiendo», dije.

«Pues que lo que tú crees que está afuera, en realidad está adentro.»

«Como tu nombre, que está en medio de mi nombre y mi apellido.»

«Eso mismo.»

Sentí a mamá en lo más profundo de mí. Ya no me dolía la barriga: me había acostumbrado al dolor.

«Pensé que te habías ido al espacio exterior o algo así», dije.

«¿Por qué iba a irme tan lejos? El hecho de que no puedas verme no significa que no esté aquí.»

«Eso mismo dijo Sam.»

Me dio la sensación de que mamá se desvanecía poco a poco. Su chubasquero rojo parecía un fuego que se apaga lentamente.

«Pero yo sí que te veo.»

«¿Y qué pasaría si no lo hicieras?»

No podía apartar mi vista de ella: su imagen ardía

con fuerza en el interior de mi mente. Entonces supe que se iría y nunca volvería a verla en este mundo.

«¿Y qué hay de *Vagabundo*? —susurré casi en silencio tratando de no llorar—. ¿También se irá él?»

«Todo vuelve a donde pertenece», dijo.

La mariposa se escurrió entre mis dedos y salió volando. Se quedó cerca del techo, volando en círculos y lanzando destellos negros y rojos con sus alas.

Sam abrió la ventana y la mariposa se alejó como una pequeña llama roja.

«Ya has hablado», dijo Sam sonriendo.

Quise preguntarle cómo lo sabía, pero me dijo:

«Ahora debo ir al hospital. Odio el hospital».

34

En cuanto llegamos a la oficina de la señorita Brooks, ella y la señorita Steadman interrumpieron su conversación.

—Me alegra verlo otra vez, señor Fisher —dijo dándole la mano a papá—. Ésta será una breve reunión sólo para ponernos al día sobre ciertos asuntos.

—Me alegro, porque tengo que regresar al trabajo —dijo papá.

Papá se sentó y se cruzó de piernas y brazos.

—Tenemos el informe del médico y lo hemos pasado a la doctora Colborn —dijo la señorita Brooks parpadeando al mismo tiempo que consultaba unos papeles—. Tengo entendido que la doctora le escribió una carta.

—Me sugirió que usara una grabadora.

—¿Y cómo le ha ido con la sugerencia?

Papá ni siquiera me miró. De haberlo hecho, se habría enterado de que, en mi opinión, quien necesitaba a la doctora Colborn era él y no yo.

—La verdad es que no creo que la grabadora sea una solución.

—Ya —dijo la señora Brooks quitándose las gafas de la cabeza para limpiarlas—. ¿Hay alguna otra cosa que sí haya funcionado?

Hablaban como si yo no estuviera allí. Discutían los pasos a seguir, la utilidad de tal y cual cosa, las estrategias a largo plazo.

—Le hemos pedido a la doctora Colborn que venga a hablar con Cally —explicó la señora Brooks—. Hemos conseguido una cita con ella para la semana que viene.

Al oír esto se me revolvió el estómago.

—Quiero que sepa que estamos haciendo lo que podemos para resolver este asunto —dijo la señora Books.

Papá tosió como si algo se le hubiera quedado encallado en la garganta.

—Pues eso es todo, a decir verdad. Señorita Steadman, ¿le gustaría agregar algo?

Ella negó con la cabeza y dijo:

—No, pero tengo un mensaje del señor Crisp. Dice que todavía espera que Cally cante en el concierto de fin de año.

Papá cerró los ojos y levantó la vista al techo. Luego me miró lleno de decepción y agitando la cabeza.

—Ay, Cally —dijo suavemente.

La señora Brooks agradeció a mi padre su visita y prometió que seguiría en contacto con él.

—Una cosa más, señor Fisher —dijo levantándose de la silla—. Últimamente hemos tenido problemas con un perro enorme que ha entrado en el patio de la escuela.

—¿Es uno de color gris y de gran tamaño? —preguntó papá abriendo los ojos como platos y mirándome.

—Sí. Precisamente hace un par de semanas Cally estaba jugando con él en el patio. Después el mismo perro apareció un par de veces durante los ensayos del concierto, a última hora. No para de aullar y molesta a los niños. No hemos podido atraparlo. Al parecer, entra y sale de aquí cuando le apetece.

Recordé que una vez había leído en la biblioteca que los perros aúllan para comunicarse con su familia. Incluso con aquellos que han partido. Con aquellos que están muy, muy lejos.

Papá se cubrió los ojos con las manos.

—Señor Fisher, ¿puede darnos alguna pista sobre este asunto? —preguntó la señora Brooks, a la vez que se colocaba la gafas otra vez en la cabeza—. ¿Es suyo ese perro?

—No —dijo papá—. De ningún modo. Ese perro no nos pertenece.

—Pues, por nuestra parte, hemos llamado a las autoridades locales —dijo la señora Brooks—. La perrera municipal vendrá a la escuela durante el próximo ensayo.

35

De la puerta de la clase de música colgaba una lista con los días de ensayo para el concierto junto con los nombres de los participantes.

Después de clase me dirigí al aula de música, en la parte trasera de la escuela. Las puertas de cristal estaban abiertas y la brisa inflaba las cortinas. El señor Crisp me estaba mirando y yo lo sabía. De modo que fingí que estaba cantando: abría y cerraba la boca mientras todos los demás ensayaban la canción final. El señor Crisp frunció el ceño pero no me dijo nada. Mia y Daisy tampoco me quitaban ojo de encima. De vez en cuando se susurraban cosas a la oreja.

Cuando terminaron de cantar, Mia levantó la mano.

—Sí, dime —dijo el señor Crisp.

—Cally Fisher está en el fondo de la clase y no debería. Ella no participa en el concierto.

Hubo un murmullo general entre los que estaban en el grupo y todo el mundo se dio la vuelta para mirarme.

—Gracias... —dijo el señor Crisp.

—Cally no se ha apuntado a la lista para el concierto y ha traído un perro a la escuela y esto no está permitido, y además...

—No creo que...

—Y mi mamá dice que cuando descubra quién me estropeó los zapatos...

—Es suficiente —dijo el señor Crisp—. Éste es un ensayo para cantar, no para chismorrear. Quiero a todo el mundo mirando al frente.

Justo entonces oímos el ulular de una sirena.

Daisy volvió a levantar la mano. Ahora su voz era un grito agudo.

—¿Lo ve? Se lo he dicho. Han venido a buscar al perro para que no haga daño a nadie.

Corrí hacia fuera pasando a través de las cortinas. *Vagabundo* aullaba con la cabeza levantada. Al verme, me saludó dando saltos y agitando la cola como un loco. «Silencio —le dije mentalmente—. Que no sepan que estás aquí.»

Entonces vi que la señora Brooks estaba asomada a la ventana y que cerraba a toda prisa los cristales.

No le presté atención. *Vagabundo* corría junto a mí, y con la mirada parecía decirme que debíamos estar juntos porque, mientras se quedara conmigo, yo estaría a salvo.

Corrí por el jardín, con *Vagabundo* a mi lado. Antes de que pudiéramos alcanzar la entrada, una furgoneta apareció en el camino. Del vehículo bajaron un hombre y una mujer que se precipitaron en nuestra dirección. Llevaban unos palos largos con aros en los extremos. *Vagabundo* se alejó a toda prisa y no pudieron alcanzarlo.

—¡Cally, aléjate de ese perro! —gritó la señora Brooks.

Los demás chicos de la clase estaban amontonados en el pasillo contemplando la escena. Daisy empezó a gritar. El señor Crisp trató de meterlos a todos en la sala de música nuevamente. El griterío se hizo general.

Para atraer la atención de *Vagabundo*, el hombre y la mujer tiraron galletas a modo de señuelo.

—Ven aquí —dijo el hombre—. Ven aquí, muchacho.

Vagabundo debía de estar muy hambriento, porque en cuanto vio las galletas desparramadas por la hierba se detuvo en seco.

—Cally —dijo la señora Brooks, casi sin aliento—. Quiero que vengas hacia mí. Ahora mismo.

Debería haberle dado de comer a *Vagabundo* para

que no lo distrajeran las galletas y no debería haberle quitado los ojos de encima. La señora Brooks me obligó a separarme de él.

El aro pasó por encima de la cabeza de *Vagabundo* y se ciñó a su cuello. El hombre y la mujer tiraron fuerte del otro extremo del palo. *Vagabundo* me miró con tristeza cuando trató de venir hacia mí y no pudo moverse del sitio.

36

Pensé que jamás me encontrarían. Hasta que Sam y Jed golpearon la puerta del trastero.

«Jed no sabe dónde está *Vagabundo*», me dijo Sam.

Le cogí la mano y le conté lo que había pasado.

Sam se fue a su casa a buscar unas tarjetas y poder explicarle lo que había sucedido a Jed.

Jed empezó a dar vueltas por el trastero, mirando mis dibujos y mis fotos. Había fotos de *Vagabundo*, de Luke y de mí cuando éramos bebés, de nuestras vacaciones, de los cumpleaños y navidades y de la boda de papá y mamá. En algunas mi hermano y yo íbamos vestidos con el uniforme de la escuela, el pelo bien peinado y teníamos unos cuantos dientes menos. Cientos de sonrisas. Habían sido los mejores días de nuestras vidas.

Jed entrecerró los ojos para observar de cerca una

de las fotos. En ella mamá aparecía con el chubasquero rojo.

Jed tocó la foto. El corazón me dio un brinco.

—¿Es tu mamá?

Mi corazón latía cada vez más rápido. Sentí que me iba a estallar.

—Tienes sus ojos.

¿Qué era lo que estaba diciendo Jed? Se quedó mirando las fotos y luego me miró a los ojos.

—Ésta es la señora que me pidió que cuidara al perro.

En ese momento volvió Sam. Me explicó que le había preguntado a su madre cómo se podía liberar a un perro de la perrera y que ella le había contestado que había que demostrar que uno era el dueño y pagar unas cien libras. Me contó que aunque no le había dado más detalles a su madre, ella había adivinado que se trataba del perro de Jed. La señora Cooper opinaba que sería conveniente dejar a *Vagabundo* en la perrera para que allí le consiguieran un hogar digno.

Sam le pasó unas tarjetas a Jed que decían:

«Grande», «perro», «perdido», «perrera», «furgoneta», «dinero».

Los ojos de Jed se llenaron de lágrimas. Después, se secó las lágrimas y sonrió.

—Tenemos que recuperarlo. Se lo prometí a ella.

37

Al día siguiente tenía mi cita con la malvada doctora Colborn. Cuando la vi venir por el pasillo con la señorita Brooks, me mordí los labios. Era muy menuda: la mínima expresión de una persona. Tenía los ojos pequeños y azules, la cara delgada y pecosa, el cabello gris y muy corto. Llevaba una falda y una chaqueta descoloridas que le quedaban muy bien. La señora Brooks brillaba como una tostada con mantequilla.

—Ésta es Cally Fisher —dijo y me miró con dureza, como diciéndome: «Mira adónde has llegado con todo esto».

Era divertido verlas una junto a la otra: la señorita Brooks alta y deslumbrante y la doctora Colborn pequeña y oscura.

—¿Quiere que me quede? —preguntó la señorita Brooks, con su sonrisilla pintada de naranja.

—No —dijo la doctora Colborn—. Tengo su informe y eso es suficiente.

—Ah —dijo la señorita Brooks—. ¿Quiere un café o alguna otra cosa?

—No —dijo la doctora.

Ni tan siquiera dijo «no, gracias». Se sentó en la silla de la señorita Brooks, se puso de pie otra vez, quitó de la silla un cojín rosa y se lo entregó a la señorita sin decir ni una palabra.

—Les dejo a solas, entonces —dijo la señorita Brooks, buscando algún sitio donde dejar el cojín—. Si necesitan algo estaré aquí al lado.

La doctora Colborn sacó unos papeles de su bolso de piel y una delgada carpeta que llevaba mi nombre escrito. La dejó sobre la mesa, pero no la abrió.

—Antes de empezar necesito decirte algo —dijo enderezando la espalda sobre la silla. Hablaba muy rápido—. Nunca presto atención a lo que me cuentan sobre personas que no conozco. Ni bueno ni malo. Nada. Mueve la cabeza si me has entendido.

Lo hice. Siguió hablando sin prestarme atención.

—Eso quiere decir que no sé nada de ti ni tú sabes nada de mí. ¿Te parece un buen comienzo? Mueve la cabeza si has entendido.

Con lo rápido que hablaba era imposible saber si estaba contenta o enfadada o vaya uno a saber qué. Moví la cabeza.

—Segundo: no me importa qué idea te has hecho sobre lo que haremos aquí. Es posible que creas que soy malvada o que te obligaré a hacer cosas que no quieres. ¿Voy muy rápido? Dime sí o no con la cabeza.

Le dije que no. Ella siguió hablando sin parar.

—Me parece mucho más fácil y mucho más gratificante descubrir las cosas por mí misma. ¿Sí? Cuando sucede lo contrario, todo es un embrollo desde el primer momento. ¿No crees?

Que aquella mujer hablara tan rápido con esa voz medio tontorrona y me obligara a mover la cabeza de un lado para el otro me pareció de lo más divertido. No pude contener la risa. La doctora Colborn se echó hacia atrás sobre la silla y se rió también.

—Bien, ahora ya me conoces un poco —dijo.

Nos reímos.

—Y yo también te conozco a ti. Y, gracias a Dios, me pareces una persona completamente normal. —Guiñó un ojo—. Hay que ser muy raro para no reírse conmigo.

Yo no podía dejar de sonreír.

—De hecho, no he conocido a nadie que no se haya reído de mí en mi cara —dijo. Le dio un golpecito a la carpeta—. ¿Por qué no terminamos con estos asuntos aburridos cuanto antes?

Asentí con la cabeza antes de que la doctora tuviera tiempo de decir: «Mueve la cabeza si me entiendes».

Abrió la carpeta, miró por encima unos papeles y volvió a cerrarla.

—Los médicos dicen que estás bien. Los maestros, la familia y los amigos dicen que no hablas. ¿Es un buen resumen de la situación?

Moví la cabeza de arriba hacia abajo.

—También me han informado de que puedes hablar y cantar muy bien.

Bajó la velocidad de su parloteo y se me quedó mirando.

—Siento mucho lo de tu madre, pero ahora quisiera hacerte una pregunta. ¿Piensas volver a hablar algún día? Dime que sí o que no con la cabeza, con esto es suficiente.

La pregunta me cogió por sorpresa y no supe qué contestar. Me encogí de hombros.

Entonces sonó el timbre del recreo.

La doctora se desabrochó la chaqueta y miró por la ventana. Los niños se precipitaban hacia el patio a través de las puertas abiertas como chorros de agua y sus voces excitadas se fundieron con el murmullo de risas, gritos y chillidos de la hora del recreo.

Lo creáis o no, la doctora Colborn y yo nos pasamos todo el recreo de pie mirando por la ventana. Vimos que los demás jugaban al futbol o al pilla pilla. Vimos a uno que se raspó las rodillas tratando de escapar y gritos y lágrimas. Vimos que unos niños discutían alrededor de un balón. Vimos a las niñas de cuarto año que cantando formaban una cadena cogidas de la mano. Finalmente sonó el timbre y las voces se fueron apagando. Se abrieron las puertas y volvió a clase hasta el último de los niños.

—Qué haríamos sin nuestras voces —dijo la doctora Colborn sin añadir nada más.

Volvimos a sentarnos. La doctora volvió a su charla veloz y me contó algunas de las cosas que hacía con los niños que tenían problemas para hablar. Cómo lograba que dejaran de sentir miedo de sus propias voces y de lo que los demás pudieran decir de ellos.

—Pero me temo que, contigo, eso no va a funcionar ¿Sabes por qué lo sé?

Negué con la cabeza.

—Porque cuando te he preguntado si pensabas volver a hablar te has encogido de hombros.

Me había quedado con la boca abierta. La cerré inmediatamente.

—¿Lo ves? —dijo, cogiendo velocidad—. Si hubieras dicho que no, entonces yo habría podido ayudarte. Pero no es eso lo que necesitas, ¿verdad?

Sonrió.

—Y si hubieras dicho que sí, habría podido significar dos cosas. La primera, que querías dejarme contenta. La segunda, que hablarás cuando suceda algo en particular.

Se quedó callada unos instantes. Luego dijo:

—¿Sabes que la gente se comunica con el cuerpo? Hasta los movimientos y las vibraciones más pequeñas nos cuentan cosas que captamos con los ojos. ¿Puedo preguntarte algo más?

Tuve la sensación de que podía ver a través de mí, hasta mi corazón, pero no me importaba porque la doctora Colborn era muy agradable.

—Hasta que pase eso que estás esperando —continuó la doctora—, ¿tienes un amigo, o una mascota, o un peluche? —Se inclinó sobre mí y me habló casi en susurros—. ¿Alguien con quien puedas hablar, aunque no sea en voz alta?

No asentí ni negué con la cabeza, pero tampoco pude evitar que los ojos se me llenaran de lágrimas. Pestañeé. Me pregunté si la doctora interpretaría mi pestañeo de alguna manera.

Me miró directamente a los ojos y dijo:

—Bien, eso está muy bien.

Guardó la carpeta en el bolso, se abrochó la chaqueta y se puso en pie.

—La mayoría de la gente cree que debería tener todo lo que desea, sin ninguna clase de esfuerzo. —Chasqueó los dedos—. No quieren esperar, son impacientes y no entienden que todos tenemos nuestro propio ritmo. Cada cosa sucede a su debido tiempo. ¿Entiendes?

Estrujó mi mano entre las suyas.

—Hoy quería conocerte. Estoy muy feliz de haberlo hecho —dijo.

Yo pensaba lo mismo.

—Vendré a verte la semana que viene. Veremos si puedo ayudarte en algo —dijo—. Mientras tanto quiero que sepas que entiendo perfectamente que, sea por la razón que sea que has decidido dejar de hablar, para ti debe de ser muy importante.

38

Cuando llegué a casa, la señora Cooper y Sam me estaban esperando con una nota que Jed les había pasado por debajo de la puerta. Con su hermosa caligrafía, Jed decía: «Ven hoy a la tienda de música».

—Sam no me ha explicado exactamente lo que sucede —dijo la señora Cooper—, pero me ha dicho que tenemos que ir a un sitio contigo.

Asentí con la cabeza y cogí la mano de Sam.

«¿De qué va esto?», pregunté.

Sam se llevó una mano al corazón y se golpeó el pecho.

«Un buen presentimiento», dijo.

La señora Cooper llamó a mi padre para preguntarle si podía ir con ellos al centro en autobús. Mientras le hablaba, me guiñó el ojo. No le dio más detalles sobre nuestra pequeña excursión. Papá dijo que no tenía problema en que fuera, siempre que no volviera a casa muy tarde.

Al bajar del autobús, vi un montón de gente reunida alrededor de la tienda de música. En el centro del grupo, había un hombre haciendo malabares con unos tenedores y unas cucharas. Llevaba una camisa a cuadros con las mangas arremangadas y un bonito par de tejanos. Aunque se había afeitado la barba y cortado el pelo, el brillo de sus ojos no dejaba lugar a dudas de quién era ese hombre: Jed. A sus pies tenía un gorro naranja de lana y un cartel con la palabra «Vagabundo».

Las cucharas volaban en el aire y la gente no paraba de aplaudir. Al pasar por sus manos, los tenedores hacían un ruido metálico. Su cara mostraba una concentración absoluta en la tarea.

Cuando terminó, Jed recogió los tenedores y las cucharas, hizo una reverencia y juntó las dos manos como si estuviera a punto de rezar. La gente aplaudió y llenó de monedas su gorro.

—No lo había reconocido —dijo la señora Cooper. La gente empezaba a dispersarse.

Jed le revolvió el pelo a Sam y éste le pasó la mano por la cara, sonrió y cogió la mano de su madre para darle un mensaje.

—Sam dice que es usted muy listo.

La señora Cooper bajó pensativa la cabeza hacia la

acera y miró el gorro donde se acumulaban las monedas para contar el dinero.

En ese preciso momento aparecieron Luke y Rachel.

—Hemos visto la nota. ¿Qué estáis haciendo? ¿Podemos unirnos a vosotros? —preguntó Rachel.

La señora Cooper cogió todo el dinero entre sus manos y dijo:

—Es para recuperar al perro, ¿verdad?

—¿Tienes suficiente? —preguntó Rachel.

—¿Sabes hacer malabares? —le preguntó Jed con una sonrisa.

—No —respondió Rachel y abrió los ojos excitada—. Vuelvo en un minuto.

Entró a toda prisa en la tienda de música y la vimos hablar con el vendedor a través del cristal del escaparate. Salió con un tambor.

—Me lo ha prestado —dijo sonriendo—. Voy a tocarlo.

Cuando Rachel comenzó a tocar el tambor sucedió algo extraño: el sonido parecía tener propiedades magnéticas. Una gran cantidad de gente se acercó a verla tocar, mientras Jed hacía volar por el aire sus cucharas y cuchillos. Sam no me soltó ni se movió de mi lado en todo el rato que duró la escena. De pronto, gracias a la música, mi corazón se sentía parte de Sam, del tambor y de todo lo que me rodeaba. Rachel nos hacía bailar por dentro.

El gorro de Jed volvió a llenarse de dinero. Los aplausos cada vez era más fuertes y la gente se quedaba largo rato contemplando a Rachel y a Jed.

Cuando cerró la tienda y la gente empezó a dispersarse, la señora Cooper contó el dinero otra vez y añadió unas monedas de su propio bolsillo. Le devolvió el dinero a Jed y dijo con una sonrisa:

—Este dinero debería ser suficiente.

Vi como brillaban los ojos de Jed. Se volvió y me miró.

—Lo traeré de regreso —dijo— aquí, adonde pertenece.

39

Sam y yo nos sentamos afuera y nos recostamos en la pared. Era muy tarde y la calle estaba oscura, pero en el cielo quedaba todavía algo de luz.

«Cuando Jed traiga de regreso a *Vagabundo*, tendrás que convencer a tu padre», dijo Sam.

«No me hará caso.»

«Inténtalo.»

«¿Cómo?»

«Díselo como si le contaras un cuento —me dijeron los dedos de Sam—. Dile lo importante que es *Vagabundo* para ti.»

Sam sacó el inhalador de su bolsillo y preguntó:

«¿Verdad que quieres quedarte con *Vagabundo*?».

Era lo que más quería en el mundo. Con *Vagabundo* podía volver a vivir en una familia de cuatro miembros.

Sam deslizó la espalda por la pared y se me pegó al hombro.

«¿Cómo suenan las canciones?»

A veces tenía la sensación de que Sam me hacía preguntas porque pensaba que yo era muy lista y sabía todas las respuestas. El señor Crisp lo sabía todo sobre música. Y también mi mamá.

«Es algo que empieza aquí —dije, pasándole las manos por el pecho huesudo. Le hice cosquillas y se puso a reír—. Empieza con la respiración y...»

De pronto vi que la cara de Sam se había puesto triste.

Yo estaba a punto de contarle qué se sentía al escuchar una canción, pero me di cuenta de que Sam no iba a poder disfrutarlo. Y mamá decía siempre que la música servía para disfrutarla.

«Es un regalo —le dije—. Algo que das a los demás.»

En ese momento oí el canto de un mirlo. «Escucha al dulce mirlo —dijo mi madre en mi interior—. Escúchalo, duerme y sueña.»

Yo sabía que Sam no podía oír a mamá, sin embargo me pregunté si podía sentirla en lo más profundo como la sentía yo.

«Es algo que me dio mi mamá.»

«Tu mamá es buena —dijo—. Puedo sentirla como si estuviera aquí contigo.»

Me cogió de la mano. En ese momento, sentí cuán especial era Sam y cuán grande era su corazón.

«Yo te creo», dijo.
«Tu mamá también es buena.»
Sam se llevó el inhalador a la boca e inspiró.
«Cree que soy un bebé todavía. No me deja hacer nada de lo que quiero hacer.»
«¿Qué quieres hacer?»
Sam se encogió de hombros, dejó caer la cabeza y su largo flequillo le cubrió la cara. Se sentó, levantó el pecho y trató de inspirar y espirar profundamente. Tosió, resopló y tiró el inhalador.
«¿Qué te pasa?»
Nunca antes lo había visto así.
Me cogió de la mano y la puso sobre su pecho, cerca del corazón. Apoyé mi oreja y oí su extraño latido.
Sonrió levemente.
«No funciona bien», dijo.
Pensé en el corazón de Sam. Para mí él tenía el mejor corazón del mundo. Un corazón misterioso del que salían cosas que me hacían soñar.
«No quiero que me operen de nuevo.»
Tiró del cuello de su camiseta y me mostró la cicatriz que le cruzaba el pecho como una serpiente rosada.
Me acordé de la pegatina en el calendario de Sam. «Faltan pocos días, ¿verdad?», pregunté.
Sam asintió con la cabeza.
«Mamá está asustada», dijo.

Habría podido decirle a Sam que era un egoísta: yo ni siquiera tenía mamá. Sentí una ligera puñalada en el corazón y estuve a punto de ponerme a discutir con él. Pero algo me hizo cambiar de parecer. Recordé el ratón que me había mostrado Sam: pequeñito pero muy valiente. Y supe que Sam no tenía intención de hablar mal de su mamá.

«No tengas miedo —le dije—. Yo estaré contigo siempre.»

Su cara pálida se llenó de lágrimas. Se las limpió con la manga.

«Llévame a nadar —dijo—. Tú y yo. Llévame al Lago de los Cisnes.»

Imaginé el agua, las olas suaves y frescas acariciándonos y hablándonos a través de la piel.

«Lo haré —le dije—. Antes de que te operen te llevaré y nadaremos juntos.»

40

Los días siguientes no paró de llover. Ni Jed ni *Vagabundo* dieron señales de vida. Sam iba tachando días del calendario. La fecha de su operación estaba cada vez más cerca.

Sam y yo pasamos largos ratos esperando a Jed y a *Vagabundo* en la puerta de entrada con un gran paraguas que habíamos rescatado del trastero, hasta que la señora Cooper nos hizo entrar.

Entonces nos refugiamos en el trastero. Yo me puse a mirar todas las fotos que había en las paredes y a recordar el pasado. Podía ver a toda mi familia riendo y cantando como si las fotos fueran una pantalla de televisión en las que se reproducía nuestra vida una y otra vez. Hice otro dibujo en el que mostraba cómo me gustaría que fueran las cosas. Me dibujé a mí, a Luke y a papá, y estaba a punto de dibujar a *Vagabun-*

do con una larga correa para que pudiéramos llevarlo de paseo entre todos cuando oí el ruido de la puerta de la calle al cerrarse y algo parecido a un choque o varias personas cayéndose al suelo en cadena.

Me dirigí a la puerta principal con Sam. Luke estaba en el corredor y llevaba a *Vagabundo* consigo. Me dijo que lo había encontrado fuera y que yo estaba metida en un lío porque papá ya nos había dicho que no podíamos quedárnoslo. En ese momento la señora Cooper salió de su casa con el equipo de cocina de mi madre en las manos. Se tropezó con la bolsa azul de Sam que, como siempre, estaba en el suelo, y todos los recipientes rojos se cayeron. Papá llegó en ese preciso instante.

La señora Cooper estaba turbada. Tenía entre sus manos las cosas que eran de mi madre. Iba a decir algo a modo de defensa, pero papá la interrumpió:

—¡El hecho de compartir edificio y patio no le da derecho a usar cosas que me pertenecen! —dijo apretando los dientes y sin quitarle los ojos de encima a la caja.

La señora Cooper no encontró una respuesta adecuada a estas palabras y se quedó con la boca abierta.

—No es lo que usted piensa, es que... —empezó a decir.

—¿Y qué hace este perro aquí, Luke? Pensé que había hablado claro.

Papá estaba furioso.

—¡Yo no he sido! —dijo Luke—. ¡Sólo lo he encontrado fuera!

Luke soltó a *Vagabundo*, que corrió hacia mí y empezó a dar vueltas alrededor de nosotros.

—Papá, yo no he sido. Esto es cosa de Cally —dijo Luke.

—Yo tampoco sabía que el perro estaba aquí —dijo la señora Cooper.

A nuestras espaldas sonó la voz ronca de Jed.

—Lo he traído yo —dijo.

—¿Y quién es usted?—preguntó papá, volviéndose para mirar cara a cara a Jed de pie en el pasillo, cargado con sus mochilas y todo lo que poseía.

—Este señor es Jed —dijo la señora Cooper—. Yo creía que era el dueño del perro.

—No, sólo lo cuidaba hasta que pudiera irse a su casa.

Papá echaba fuego por los ojos.

—¡¿Qué casa?! —gritó. Su voz se había vuelto de repente muy aguda—. ¿De qué está hablando? Ésta no es su casa.

Ahora estaba aún más furioso. Especialmente con la señora Cooper, que parecía estar mucho más enterada que él de lo que estaba sucediendo.

Jed se me acercó y me miró fijamente a los ojos.

Papá frunció el ceño.

—Mire, no sé quién es usted, pero le digo que está muy equivocado. ¡Este perro no es nuestro!

Cogí a papá de la mano y lo llevé al trastero. Al ver todas nuestras fotos familiares y mis dibujos de mamá y de *Vagabundo*, mi padre se quedó helado. Jed entró con nosotros al trastero y cogió una foto de la pared, la única foto en la que mamá llevaba el chubasquero rojo. Junto a ella estábamos papá, Luke y yo en las afueras de la catedral de Wells.

Jed le dio la foto a papá y a continuación habló suavemente.

—Ésta es la señora que me dio el perro. La encontré después del accidente e intenté ayudarla. —Jed guardó silencio unos instantes—. Tenía un cachorrito con ella dentro del coche.

Jed acarició suavemente la cabeza de *Vagabundo*. De modo que *Vagabundo* era nuestro. Nos pertenecía. Agarré la mano de papá y se la estreché. Mi corazón saltaba de alegría.

—Cuando llegaron la policía y la ambulancia, me obligaron a irme. Pero antes vuestra madre me pidió que me llevara el cachorrito conmigo, que os encontrara y que os lo diera.

Papá, al oír aquello, se llevó una mano a la boca y cerró los ojos. Una lágrima silenciosa resbaló por su mejilla.

—Dijo que lo ibais a necesitar. Yo ni tan siquiera sabía quiénes erais ni qué aspecto teníais, pero ella me hizo prometerle que os iba a encontrar. Os he estado buscando durante casi un año.

Papá me apretó la mano. Cuando alguien te dice la verdad, tu piel y tus huesos responden. Todos esperábamos que papá dijera algo.

—Hasta que un día vi a Cally en la ciudad y supe que os había encontrado —continuó Jed—. Cally tiene los mismos ojos que su madre.

Papá nos dio la espalda, tocó las fotos de la pared y detuvo sus dedos sobre las fotos de su boda.

—¿Papá? —dijo Luke, detrás de nosotros.

—¿Cómo sé que dice la verdad, que ésta no es una de las historias que nacen de la imaginación de Cally y que lo convenció con sus cuentos? —dijo papá con voz temblorosa.

Jed se irguió cuanto pudo y miró a papá a los ojos.

—Porque Cally nunca me ha dirigido la palabra. Ni una sola vez.

41

Papá no dijo nada. Se cruzó de brazos y se quedó mirando las fotos. Parecía estar muy lejos de nosotros. ¿Creía algo de lo que Jed acababa de contarle? ¿Por qué estaba tan callado? Su silencio se hacía cada vez más insoportable.

Busqué a Sam para preguntarle qué debíamos hacer ahora. Necesitaba que me dijera algo que me hiciera sentir mejor, pero Sam no estaba allí.

Lo busqué en el pasillo y en su casa. La puerta estaba abierta y su bolsa de natación había desaparecido. El portal de la entrada también estaba abierto. El agua plateada del estanque de la zona comunitaria se había vuelto gris, como el cielo. Los girasoles estaban llenos de agua y doblados hacia abajo. Al fondo de la zona comunitaria vi una silueta con un chubasquero rojo que me llamaba para que me acercara y buscase a Sam.

Corrí. La lluvia me empapaba. No veía a Sam por ninguna parte, aunque sabía perfectamente adónde había ido. A pesar de ser ciego, Sam era capaz de arreglárselas para llegar al Lago de los Cisnes. No en vano cada vez que habíamos ido hasta ahí, Sam había procurado reconocer los árboles, los montículos y las depresiones del terreno, hasta hacerse con un mapa mental. Incluso estando sentado en el carrito sabía reconocer el camino.

Corrí como nunca antes había corrido. Me dolía el pecho y la lluvia me producía escozor en los ojos. No paré hasta llegar al muro derrumbado de ladrillos, y una vez allí me abrí paso a través del agujero.

Al otro lado del muro encontré un montón de ropa apilada y el bolso de natación de Sam. El lago temblaba bajo las gotas de lluvia. El cauce estaba muy crecido y el agua había inundado las raíces de los árboles y los escalones de la vieja taquilla. Sobre los bancos de arcilla corrían en remolino torrentes de agua gris.

Entonces vi la silueta huesuda y blanca de Sam. Iba vestido con su bañador y llevaba puestas sus gafas de submarinismo. El agua negra le llegaba casi hasta la cintura. Se agachó y se metió en el agua.

Me quité los zapatos y me zambullí en el agua fría. Nadé entre ramas, hojas, periódicos, basura y todo aquello que la tormenta había arrastrado dentro del lago. La lluvia caía con fuerza y no me dejaba ver bien.

Sam volvió a emerger a la superficie. Estaba a gran

distancia de mí. Dio unas patadas dentro del agua, tosió y chapoteó. Después lo perdí de vista por unos instantes hasta que de nuevo sus brazos y su cabeza salieron a la superficie. Yo nadaba con todas mis fuerzas. Sobre el agua negra había remolinos de arcilla. Contuve la respiración, pensé en Sam y me metí bajo el agua. Encontré su mano, él cogió la mía y pude atraerlo hacia mí rodeando su pecho con mis brazos. Nadamos hasta un tronco que flotaba.

Nos abrazamos al tronco. Sam resopló y buscó el aire que le faltaba. Tenía la piel de gallina y le silbaba la respiración. Temblaba y le castañeteaban los dientes.

Sam me pasó la mano por la cara para identificarme. Sujeto al brazo, llevaba un trozo de cuerda. La lluvia repiqueteaba sobre la superficie del lago. Sam estaba demasiado cansado para regresar a la orilla nadando. Se le veía débil, pálido y con los labios azules. Respiraba con dificultad. Por otro lado, yo tampoco tenía fuerzas suficientes para llevarlo hasta la orilla. De pronto, se le cerraron los ojos y pareció perder la conciencia. Cayó sobre mis brazos.

«Mamá —pensé—. Te necesito.»

Entonces la vi, junto a la taquilla y con los pies bajo el agua. Llevaba el chubasquero rojo y su gorro verde para la lluvia.

«Cally, cariño, ahora todo depende de ti», dijo en mi interior.

«Pero te necesito», dije. Las lágrimas hacían arder mis ojos.

La voz de mamá era cálida.

«Llámalo, él te encontrará», dijo.

Recordé lo que mamá había dicho una vez: «Un día, él te encontrará».

Sentí que los débiles dedos de Sam trataban de decirme algo, pero no pude entenderle. Temía que si pedía ayuda, si abría la boca, sería el fin y no volvería a ver a mamá. Además, por mucho que lo llamara, *Vagabundo* no conocía su nombre. Nunca antes se lo había dicho. ¿Cómo iba a entenderme entonces? ¿Cómo iba a saber que era yo quien lo llamaba?

Sam me cogió de la mano.

«Ella está aquí ahora, ¿verdad?»

Puse su mano sobre mi mejilla y asentí con la cabeza. Mamá fue desapareciendo poco a poco junto con su chubasquero rojo. Sam temblaba y estaba blanco como un fantasma.

Tomé aire. Estaba muy preocupada por Sam, así que abrí la boca para gritar. Pero no salió ni un solo sonido. Algo pasaba con mi voz. Ni siquiera sabía qué gritar. Lo intenté de nuevo, pero fue inútil. El único sonido alrededor era el golpeteo de la lluvia.

Sam me cogió la mano y formó cuatro letras. Luego cayó hacia adelante. Su pecho apenas se movía y casi no respiraba.

Llené de aire los pulmones y el estómago hasta que lo sentí a punto de estallar. Grité lo que Sam me había dicho que gritara:

—¡Papá!

Vagabundo apareció entre una cortina de lluvias y truenos y corrió hacia nosotros. Sus patas eran como largos remos. Sam y yo rodeamos a *Vagabundo* con nuestros brazos. Ninguno de los dos teníamos fuerzas suficientes. El agua me entraba por la boca y me impedía respirar. *Vagabundo* puso todo su empeño en mantenerse a flote.

—¡Papá! —volví a gritar.

Y apareció.

Nos cogió a mí y a Sam y dejó libre a *Vagabundo* para que pudiera nadar por su cuenta. Al final pudimos llegar a la orilla.

—¿Te quedan fuerzas para correr conmigo? —preguntó papá, que llevaba a Sam en brazos.

Mamá todavía nos miraba, sus ojos estaban llenos de amor y esperanza. Metió una de sus manos en un bolsillo y, cuando papá pasó junto a ella, estiró el brazo y trató de tocarlo.

Del brazo flojo de Sam colgaba todavía el trozo de cuerda en cuyo extremo había un viejo y despedazado barco de juguete. Papá miró hacia atrás una vez, para asegurarse de que *Vagabundo* y yo corríamos detrás de él tan rápido como podíamos.

42

El médico que estaba al pie de la cama me dijo:

—Tendrás que pasar la noche en el hospital, sólo por precaución.

Me puso al lado de una lámpara que tenía un extraño brillo anaranjado. Papá estaba a mi lado.

—¿Podemos hablar? —preguntó.

Habíamos pasado treinta y un días sin hablar. Tal vez más. Aunque esto depende de lo que uno considere qué es hablar. No se trata sólo de pronunciar palabras, es algo mucho, pero que mucho más importante que eso.

Le conté a papá la historia completa. Y él hizo lo que hacía siempre: escuchar con toda su atención.

Papá sostenía una foto con cuatro caras sonrientes: mamá, papá, Luke y yo en las afueras de la catedral de Wells. Mamá llevaba su chubasquero rojo y nos rodeaba a todos con sus brazos. En el fondo se veía la catedral amarilla.

—Papá, no se trata de que hablemos de todas las navidades y de todos los cumpleaños pasados. Pero a mí me gustaría que hablaras de ella, ¿sabes? Porque cuando lo haces, yo la recuerdo como si estuviera aquí.

—Lo sé —dijo.

Entonces entendí lo que pasaba: la echábamos de menos porque con ella, nosotros lo éramos todo y sin ella, pues no éramos nada. Ni tan siquiera sabíamos quiénes éramos.

—Podríamos empezar poco a poco, como cuando me ayudas con los deberes. Y luego, cuando tengamos práctica, nos saldrá con naturalidad.

Se rió.

—¿Quieres decir que te esforzarás más con las mates?

—No, quiero decir que te necesito.

Luego papá miró la foto y se puso a hablar de la catedral de Wells, de los escalones de piedra gastada que daban a la Sala Capitular, de lo suaves que parecían las piedras, de los interminables pasadizos abovedados donde en el pasado la gente conversaba y decidía cómo había que hacer las cosas. Después sonrió. No dijo nada sobre mamá, pero rescatamos del olvido aquel momento en los escalones cuando ella, tras mirar a izquierda y derecha y asegurarse que no había nadie cerca, nos cantó *Stairway to Heaven*.

—Te compró el cachorrito porque le encantaba cómo cantabas, ¿sabías eso? —le pregunté a papá.

Papá me miró a los ojos.

—De haberlo sabido antes, jamás lo hubiera rechazado. Ella me hubiera hecho entender lo importante que era.

Me apoyé sobre los cojines. Mi papá estaba allí conmigo: yo le hablaba y él me escuchaba.

—Es una buena historia —dijo—. ¿Quieres que te cuente yo una?

—Sí.

Entonces papá me contó cómo Jed había logrado encontrarnos: mirando una a una las caras y los ojos de la gente hasta dar con nosotros para cumplir con su promesa.

—Jed me contó que el perro lo ayudó a defenderse de una banda de chicos que querían atacarlo. Dice que al verlo se murieron de miedo. —Sonrió—. No me sorprende, con el tamaño que tiene ese monstruo.

Los dos nos reímos, porque sabíamos que decía lo de monstruo en un sentido figurado.

Papá me miró a los ojos.

—El perro os encontró a ti y a Sam. Yo solamente lo seguí.

Papá apoyó su cabeza sobre la mía.

—Estaba tan... ni me di cuenta de que te habías marchado.

Vi en los ojos de papá que estaba tratando de recordar algo enterrado en lo más profundo de su corazón.

—¿Papá?

Se tomó un minuto para levantar la cabeza.

—Dilo de nuevo —me pidió—. Me gustaría oírlo.

—Papá, el perro tiene que quedarse con nosotros.

—Ya lo sé —dijo—. ¿Tiene nombre?

—*Vagabundo* —dije.

Papá rió.

—Pues creo que tendremos que pensar en un nombre nuevo.

43

Sam estaba en la cama del hospital. Lo rodeaban un montón de tubos de plástico y cables. Se oía el silbido intermitente de una máquina.

La señora Cooper me abrazó y me pidió que le hablara a Sam. Estaba consciente, pero muy débil.

Sam abrió los ojos y los puso en blanco. Saludó al aire como si supiera que mi papá estaba allí. Su mano hacía movimientos débiles, pero entendí lo que me decía.

«¿Has vuelto a hablar?»

«Sí», le dije.

La señora Cooper y papá se miraron y se sonrieron.

—¡Sí! —grité.

«Ya te he oído», dijo Sam.

44

No fui a la escuela durante toda esa semana y me quedé en casa con papá organizando los muebles y haciendo limpieza. También bañamos a *Vagabundo* y pintamos las paredes y el techo de mi habitación de azul nomeolvides.

Vagabundo no se movía de mi lado: metía las narices en las cajas que yo vaciaba y miraba todas las cosas nuevas que yo ponía en mi cuarto. Cuando papá miraba la tele, se tumbaba a sus pies y le hacía compañía. Papá lo miraba sorprendido. «Mira lo grande y listo que es. Es capaz de decirnos qué necesita», decía.

Fuimos a visitar a Sam todos los días. A pesar de que estaba mejorando, necesitaba cuidados intensivos. Tenía un soplo en el corazón. Me pregunté qué maravillas serían las que le soplaba ese corazón. Los médicos dijeron que muy probablemente Sam necesitaría otra operación y un corazón nuevo. Pero no creo que exista en el mundo uno capaz de reemplazar el suyo.

Cuando Sam pudo volver a casa, dejamos las puertas del piso abiertas para que *Vagabundo* pudiera ir de un sitio a otro.

Un día llevaré a Sam a nadar. Encontraré el modo de hacerlo.

—Hola, abuela, soy yo, Cally.

La abuela se quedó en silencio al oír mi voz al teléfono.

—Suenas distinta... —empezó a decir la abuela—. Me alegro de oír tu voz, cariño.

Sabía qué quería decir la abuela con eso de que mi voz sonaba distinta. Me preguntó cómo nos sentíamos en la casa nueva y cómo iban las cosas. Después se puso al teléfono mi abuelo y me dijo que pronto nos harían una visita.

Como siempre, Luke estaba de espaldas y con los ojos fijos en la pantalla del ordenador. Pero la puerta de su habitación estaba abierta. Se volvió para mirarme cuando notó mi presencia y la de *Vagabundo*. Le acarició la cabeza. *Vagabundo* movió la cola.

—Me gusta que esté aquí. Ahora esto sí que parece un hogar.

—¿No crees que deberíamos cambiarle el nombre?

—No. El nombre no es tan importante.

—Hoy es el concierto de final de curso; ¿vendrás? —pregunté.

—¿Vas a cantar?

—Si me dejan...

—Claro que lo harán. Iremos todos, ¿a que sí, chico?

Me recosté sobre el respaldo de la silla y apoyé el mentón sobre el hombro de Luke. Abrió la pantalla de Google y vi que había estado en Facebook. Tenía fotos de todos nosotros... y una foto enorme de Rachel.

—¿Qué vas a cantar? Te buscaré la letra.

Golpearon con fuerza la puerta de la calle. *Vagabundo* se hizo un ovillo.

—Ya voy yo —dijo papá.

Un instante después, papá volvió a la habitación de Luke.

—Cally, hay alguien que quiere verte —dijo.

Era Jed, que venía a verme por última vez. Llevaba ropa nueva y una chaqueta muy bonita. Sus ojos sonrientes estaban llenos de arrugas y en las mejillas se le formaban dos hoyuelos.

—Gracias por traer a *Vagabundo* a casa.

Rió con ganas.

—Es la primera vez que te oigo hablar —dijo—. Tienes unos ojos hermosos y una voz hermosa. Como tu mamá.

Nos quedamos allí sin añadir nada más. Supongo que todo estaba dicho ya.

—He conseguido trabajo —dijo—. Voy a trabajar con el señor Gregory reparando pianos viejos y otros instrumentos en la tienda de música.

Se veía satisfecho de sí mismo. Yo no cabía en mí de la felicidad.

—Bien por ti —dijo papá, invitándolo a pasar.

—Ven al concierto de esta noche —dije cogiéndole de las manos—. Voy a cantar y lo hago francamente bien, ¿verdad, papá?

—Como un pájaro —contestó.

Jed sonrió. Papá, también.

—Eso me recuerda algo —dijo Jed rebuscando en el bolsillo.

Sacó una pequeña caja azul de cartón del tamaño de una caja de cerillas. Iba envuelta con una cinta aplastada y estaba gastada en los extremos. Jed se la dio a papá.

—¿Es para mí? —preguntó papá, confundido.

Papá abrió la caja.

—Sabía que había algo más —dijo Jed—. Me dijo que te deseara un feliz cumpleaños.

Dentro había una púa de guitarra nueva. Era de plata y llevaba una inscripción: «Siempre te amaré, Louise».

45

El señor Crisp estaba en el escenario. Tenía un lápiz rojo detrás de la oreja. Sobre su piano había partituras y libros de música.

Le di la letra que me había conseguido Luke.

—¿Puedo cantar esto?

El señor Crisp miró lo que le estaba mostrando. La canción era *Si hay una estrella.*

—Es la canción de Olivia, cuando le ordenan que vaya a cantar a la ciudad y con su voz consigue reunir a la gente —dije.

—De modo que quieres cantar el papel de Olivia —dijo muy contento—. Creo que todavía tengo la partitura en alguna parte.

Fue al piano y me hizo sitio en su silla.

—Quizá quieras practicar unas escalas para calentar esas cuerdas vocales.

Puso las manos sobre su barriga e inspiró hondo.

—¿Recuerdas lo que te enseñé sobre la respiración?

Dije que sí.

—Siente primero cómo el aire te llena la barriga y empuja sobre las costillas. No olvides que la respiración es lo más importante para cantar bien.

—Lo sé —dije—. El sonido sale de la boca pero empieza mucho, mucho más abajo.

Rió. Fue una risa sonora y adorable.

—Vamos —dijo—. Vete a practicar, que yo también tengo que ensayar un poco. Haz que tu madre y todos los demás nos sintamos orgullosos de ti —dijo.

Harry Turner es el mejor cantante de la escuela. Su padre lo acompañó con la armónica. Cuando llegó mi turno, el señor Turner me guiñó el ojo, puso un libro de música en su sitio y se fue. Papá subió al escenario y se sentó en una silla. Llevaba su guitarra y su púa de plata.

—¿Lista?

Sus ojos estaban llenos de amor y me miraban como si yo fuera la cosa más importante del mundo para él.

Ésa fue la última vez que vi a mi madre. No llevaba su chubasquero ni su gorro de lluvia. Estaba a un lado del escenario. «Quería oírte cantar una vez más», dijo. Luke estaba al fondo del salón con Rachel, Jed y *Vagabundo*. La señora Cooper y Sam estaban sentados en primera fila. Sam tenía en la mano una tarjeta que decía: «Regalo».

El año anterior, yo no había podido cantar en el musical *Olivia* y mamá se había perdido mi actuación. Esta vez no se la perdería.